Este libro
es tu pasaporte
para viajar por
el tiempo.

¿Podrás subsistir
en la edad
de los caballeros?
Pasa la página
para averiguarlo.

Títulos Publicados:

La máquina del tiempo 1

El secreto de los caballeros

Jim Gasperini

Ilustraciones: **Richard Hescox**

J. T. Colby & Company, Inc.
Fournisseurs d'instruments et
d'accessoires de voyage
dans le temps™

Habent sua fata libelli

Mecánica de Studio J.
Composición de David E. Seham Associates, Inc.
Pintura de portada de Richard Hescox.
Diseño de portada de Alex Jay.

J. T. Colby & Company, Inc.
Manhanset House
Dering Harbor, New York 11965-0342
bricktower@aol.com
bricktowerpress.com

ISBN: 978-1-59687-692-7
2025

¡ATENCIÓN, VIAJERO A TRAVÉS DEL TIEMPO!

¡Eres una persona de suerte! Sí, en este momento tienes en tus manos una... ¡máquina del tiempo! En efecto, este libro es tu máquina del tiempo. No lo leas de un tirón, del principio al fin. Dentro de un momento recibirás instrucciones para cumplir una misión, una tarea especial, que te llevará a otro período de tiempo. A medida que te enfrentes con los peligros de la historia, la máquina del tiempo te presentará con frecuencia opciones de adónde ir o de qué hacer.

El presente volumen también contiene un banco de datos para informarte de la época en que vas a vivir. Puedes utilizarlo para desplazarte con mayor seguridad a través del tiempo. O bien tomar tus decisiones sin consultarlo. Tú debes resolver ese extremo.

IMPORTANTE

Al final de este libro hay una lista de datos. Contiene sugerencias para ayudarte si no estás seguro de qué camino has de emprender. Este símbolo aparece al lado de todas las elecciones para las cuales existe una sugerencia en la lista de datos.

Con objeto de terminar tu misión lo más deprisa posible, y con éxito, puedes emplear a la vez el banco de datos y la lista de datos.

Hay una conclusión correcta a esta misión. Debes llegar a ella... o ¡arriesgarte a quedar perdido en el tiempo!... y recuerda que tienes a tu disposición el banco de datos y la lista de datos.

LAS CUATRO REGLAS PARA VIAJAR A TRAVÉS DEL TIEMPO

Cuando empieces tu misión, debes observar las reglas siguientes. Los viajeros por el tiempo que no las cumplen se arriesgan a quedar perdidos en él, para siempre...

1. No mates a ninguna persona ni animal.

2. No intentes cambiar la historia. No dejes nada del futuro en el pasado.

3. No lleves a nadie contigo cuando franquees la barrera del tiempo. Evita desaparecer de un modo que asuste a la gente o la haga sospechar.

4. Sigue las instrucciones que te dé la máquina del tiempo y elige entre las opciones que te ofrezca.

TU MISIÓN

Tu misión estriba en convertirte en un caballero, y luego descubrir cómo la más famosa orden, o grupo, de caballeros ingleses adquirió su nombre.

Durante seiscientos años, en Inglaterra, el más alto honor ha sido ser armado caballero de la Orden de la Jarretera. Eduardo III instauró esta orden en el decenio que empieza en 1340. Sus miembros llevan una jarretera, de tela azul, alrededor de la manga, en la cual está escrita la leyenda *«Honni soit qui mal y pense»,* que significa «Mal haya el que mal piense». Ésta es la divisa de la Orden de la Jarretera.

¿Por qué los mejores caballeros de Inglaterra escogieron una jarretera como símbolo? ¿Qué significa su divisa? El secreto de los caballeros se pierde en las brumas del pasado. Debes retroceder seis siglos para resolver el misterio, pero para hacerlo… ¡primero tendrás que convertirte en un caballero!

 **Para activar la máquina del tiempo, pasa la página.**

EQUIPO

Para esa misión, te llevarás un sencillo traje de campesino. Lo usarás cuando llegues a la época de los caballeros.

Ahora, para empezar tu misión, pasa a la página 1.

Para saber más cosas acerca del tiempo en que vas a vivir, pasa a la página siguiente.

BANCO DE DATOS

Los siguientes datos acerca de los caballeros y la Inglaterra medieval te ayudarán a cumplir tu misión:

1. Los caballeros preferían luchar a caballo a hacerlo pie a tierra. Utilizaban espadas, venablos, lanzas y muchos tipos de mazas de metal o madera.

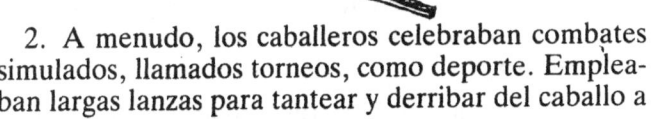

2. A menudo, los caballeros celebraban combates simulados, llamados torneos, como deporte. Empleaban largas lanzas para tantear y derribar del caballo a sus contrincantes.

3. En los torneos y las batallas, los caballeros llevaban una armadura metálica para protegerse. Toda la armadura recibía el nombre de arnés.

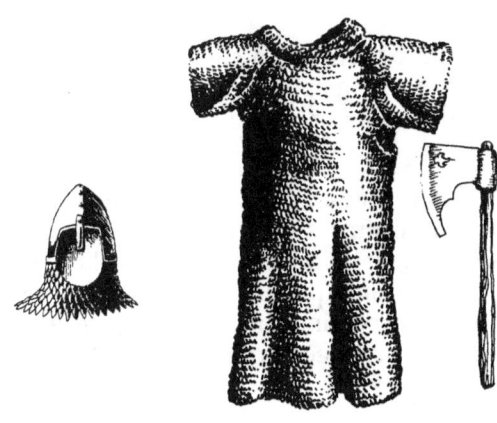

4. En las batallas del siglo XIV se empleaban dos clases de arcos y de flechas. La ballesta era muy potente pero lenta. Había que tirar de la cuerda mediante una complicada maquinilla. El arco grande era mucho más rápido pero de manejo embrollado. Ese gran arco era un arma en la cual los ingleses eran muy expertos.

5. Los caballeros nunca utilizaban el arco. Preferían sus espadas y despreciaban a los arqueros que les acompañaban en la batalla.

6. Si bien la pólvora ya se empleaba en Europa hacia el 1300, hasta el siglo XV las armas de fuego no resultaron lo bastante seguras o potentes para tener importancia en el combate.

7. En la Edad Media, los criminales podían hallar refugio en las iglesias y catedrales. Estaba prohibido perseguirlos allí.

8. Los jóvenes que se preparaban para ser artesanos o comerciantes se llamaban aprendices. Los aprendices de caballero se denominaban escuderos. Un escudero sólo podía convertirse en caballero mediante una ceremonia efectuada por un rey o un príncipe.

9. Los caballeros tenían un código del honor, llamado de caballería. Un caballero juraba ser valiente, generoso y leal a su señor, y proteger y respetar a las mujeres.

10. En la Edad Media, a las personas acusadas de ser brujas o hechiceras se las ataba a menudo con cuerdas y se las lanzaba a un estanque. Si la persona flotaba, se consideraba que era culpable. Si el reo se hundía, se le tenía por inocente. Cuando se le creía culpable, no era raro que terminara quemado en la hoguera.

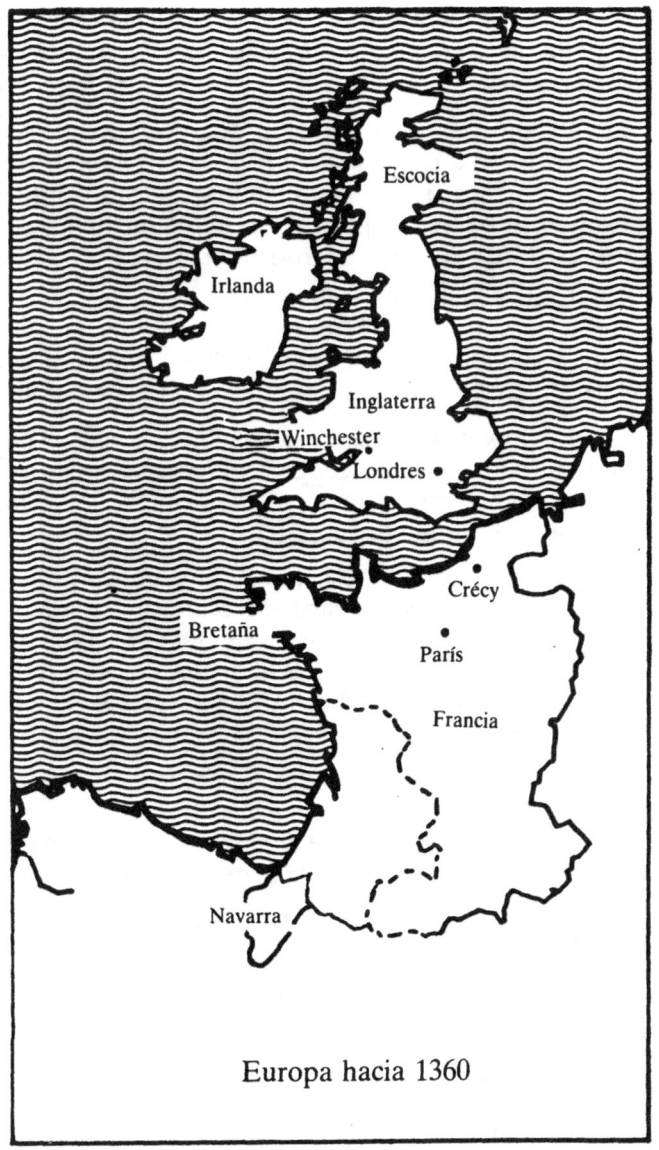

Europa hacia 1360

XIII

11. El rey Eduardo III gobernó a Inglaterra desde 1327 hasta 1377. Una de sus victorias más famosas fue la batalla de Crécy, en el norte de Francia, que tuvo lugar en 1346.

12. El hijo de Eduardo III, Eduardo, llamado el Príncipe Negro a causa del color de la armadura que llevaba en Crécy, jamás llegó a reinar, porque murió antes que su padre. El príncipe se casó con Juana de Kent, en 1361. Su hijo Ricardo fue rey en 1377.

13. Cada caballero llevaba un blasón pintado en el escudo, las ropas y la armadura para que lo reconocieran en la batalla. En las familias nobles, estos símbolos heráldicos pasaban de generación en generación.

14. Los reyes y príncipes de Inglaterra usaban un escudo heráldico, o timbre, de tres leopardos de oro sobre un campo rojo. Los reyes de Francia llevaban una cimera de flores de lis.

15. Puede que el famoso rey Arturo nunca lo hubiera sido. Ni siquiera se sabe si ése fue su verdadero nombre. Todo cuanto se conoce realmente acerca de él es que, en el siglo v, acaudilló una de las tribus nativas de bretones contra las tribus invasoras de anglos y sajones.

16. Siglos después de que hubiera muerto el verdadero Arturo, se contaban muchas historias de él. A medida que las historias se contaban, mejoraban un poco, hasta que cristalizó en la elaborada leyenda que hoy escuchamos del personaje. Las historias de la búsqueda del Santo Grial y de los Caballeros de la Tabla Redonda, por ejemplo, fueron inventadas en el siglo xii, setecientos años después de haber muerto Arturo.

17. La peste negra es el nombre que se dio a una terrible plaga, o enfermedad, que mató casi a un tercio de la población de Europa, entre 1348 y 1349. La

propagaron las ratas y las pulgas, aunque eso se ignoraba en aquel tiempo.

18. La peste negra llegó a Inglaterra a finales de 1348. En invierno desapareció, porque el frío impidió que las pulgas la propagaran, pero asoló el país en los meses cálidos de 1349.

19. Las ciudades medievales se hallaban, por lo general, rodeadas de murallas como protección contra los ataques. Un ataque a una ciudad recibía el nombre de asalto o asedio. Los ejércitos que asediaban una ciudad a veces utilizaban catapultas gigantes para arrojar grandes piedras contra las murallas.

20. Los reyes de Inglaterra poseían un castillo en la ciudad de Windsor desde finales del siglo XI. Winchester, a cerca de sesenta y cinco kilómetros de Windsor, fue la capital de Inglaterra en la época sajona y en el siglo XIV todavía era una ciudad muy importante.

BANCO DE DATOS AGOTADO. GIRA LA PÁGINA PARA EMPEZAR LA MISIÓN.

 Cuando aparezca este símbolo, no olvides que, para orientarte, puedes consultar la lista de datos que hay al final de este libro.

Estás de pie, en un polvoriento camino, flanqueado de árboles por ambos lados, cerca de Windsor, Inglaterra, el 28 de abril de 1344. A lo lejos distingues un castillo, en una colina, con tiendas gigantes levantadas en las laderas.

A tu espalda oyes ruido de cascos al galope, que se aproximan.

Das media vuelta. Un gran caballo se levanta sobre las patas traseras. Sus pezuñas delanteras cocean salvajemente en el aire.

—¡Cálmate, Bizan! —grita el jinete, el cual va vestido como... ¡un caballero!

El caballo relincha y resopla sorprendido ante tu súbita aparición. Saltas fuera del camino, pero el aterrorizado animal arroja al caballero a la maleza de la margen del camino.

—¡Uf! —exclama el hombre.

Su pesada armadura emite un ruido estridente cuando cae de espaldas en el suelo. En el camino, un muchacho que llevaba un caballo de la brida da media vuelta y se marcha corriendo. Los dos caballos se alejan al trote para pacer en un campo.

—¡Escudero! —grita el caballero con débil voz—. ¡Escudero Randall! ¿Dónde estará ese muchacho?

Te acercas al caballero.

—¿Puedo ayudaros, sir? —preguntas.

—¡Por todos los demonios! ¡Sí!

Tiras de él hasta ponerlo en pie. La armadura produce muchos sonidos metálicos mientras el caballero se incorpora.

—No me he roto nada, gracias sean dadas al Todopoderoso —dice el hombre—. Y gracias te sean dadas a ti, mi joven amigo. Dime... ¿Has visto al mago?

—¿Cómo? No —contestas—. ¿Qué mago?

—Mientras yo cabalgaba, un mago magnífico, con alas de púrpura, apareció en mi camino. ¡Mi caballo dio un salto como si hubiera visto un demonio! No pude ver bien al mago, porque la mirilla de mi casco es muy estrecha. Pero, como te digo, ¡era asombroso!

¿Un mago? ¿Un demonio? Su imaginación es ciertamente asombrosa, piensas mientras ayudas al caballero a coger a los caballos. Aquello que apareció en el camino eras tú... ¡y tú no tienes alas de púrpura!

—Esto es un presagio de mala suerte —prosigue el caballero en tanto vuelve a llevar a su caballo al camino—. Por haberme sucedido una cosa así en mi primer ejercicio a caballo del día, un mal sino debe de aguardarme en el torneo del rey Eduardo. ¿Vendrás a vernos luchar?

¡Un torneo! Allí habrá muchos caballeros, quizá algunos de los que usan la jarretera. Respondes afirmativamente.

—Entonces ven conmigo —dice tu interlocutor—. Soy sir Cuthbert.

—¡No lo hagáis, sir Cuthbert! —grita una voz.

Un muchacho de unos catorce años de edad salta de detrás de un árbol.

—Así que estás ahí —vocifera el caballero—. ¡Gandul, cobarde que no sirves para nada! ¿Por qué te escondiste allí, escudero Randall?

—Yo también vi al mago —dice Randall—. Tenía

4

el aspecto que vos habéis dicho. Mas se transformó prestamente, con malas artes... ¡en esa criatura que hay aquí! —el jovenzuelo te señala con un dedo acusador.

Sir Cuthbert te mira un momento. Luego frunce las cejas y da un bofetón a su escudero en la oreja.

—¡Basta de mentiras, bribón! ¿Dónde estabas para ayudarme a levantar? He debido aceptar la amable ayuda de un extraño. ¡Y ahora acusas de brujería a esa persona amable! ¿Te atreves a llamarte mi escudero? ¡Algún día te espabilaré a golpes! ¡Venid conmigo, los dos!

Pasa a la página 15.

TE hallas en una estrecha y solitaria calle de la ciudad de Winchester, el 20 de mayo de 1357.

A lo lejos oyes vivas y sonido de trompetas.

Entras en la plaza mayor de la ciudad y llegas ante una catedral a medio construir.

—¡Viva el príncipe! —grita la multitud, que, en su desordenado avance, casi te atropella.

¡Es un desfile! Caballeros montados en corceles se abren paso lentamente entre el gentío. Estandartes de muchos colores ondean por todas partes. Te cae en la cabeza una ristra de flores, y miras para arriba. Lo que parecen gigantescas jaulas de pájaro cuelgan de pértigas colocadas encima de una hilera de tiendas. Bellas muchachas, albergadas en las jaulas, tiran flores.

A tu lado hay un hombre con una corta chaqueta verde, y un chico que lleva un grueso delantal de cuero.

—¿Qué ocurre? —preguntas.

El hombre vestido de verde te mira con sorpresa.

—¿Seguro que no lo sabes? Se trata del príncipe Eduardo, el hijo mayor del rey. Trae un prisionero de la guerra de Francia. Pero no un prisionero cualquiera... sino Juan, el propio rey de Francia.

Un hombre alto y rubio, de unos treinta años, salu-

da a la muchedumbre. Ése tiene que ser el príncipe, decides. Viste una larga túnica con un dibujo que recuerda un gato, y... ¡en efecto! Alrededor del brazo lleva una jarretera de color azul oscuro. Algunos de los caballeros que acompañan al hombre lucen el mismo distintivo. La jarretera que buscas es de color azul oscuro. ¡Claro! La Orden de la Jarretera existe. ¡Ahora, en 1357!

—¿Por qué llevan esas jarreteras en las mangas? —preguntas al muchacho del delantal de cuero.

—Que me aspen si lo sé —te replica—. Se me antoja una estupidez. Soy aprendiz de herrero, de modo que las veo muy a menudo. Pero sólo las usan ciertos caballeros.

—Son los caballeros que lucharon con el príncipe en la batalla de Crécy —aclara el hombre vestido de verde—. Únicamente ellos pueden llevar la jarretera. Lo sé, porque yo estuve allí. Soy labrador, propietario, pero fui uno de los arqueros del rey en Crécy. ¡Aquéllos eran buenos tiempos! Los arqueros ganaron la batalla, ¡pero los caballeros se llevaron toda la gloria!

—¡Bah, vete ya, labrador Tom! —dice el joven—. Siempre te estás dando importancia, a ti y a tus arcos y flechas.

¡Así que este hombre luchó con el príncipe en la famosa batalla de Crécy!

—¿Sabéis qué significa la divisa *Honni soit qui mal y pense?* —preguntas al campesino.

—¡Ni por broma! —te contesta—. Está en francés, eso es todo lo que sé. No hablo francés, pero creo que *mal* quiere decir «mal».

La multitud avanza ondulando. ¡Apenas te deja espacio para respirar! Un hombre, con una túnica negra adornada con pieles, cabalga inmediatamente detrás del príncipe. No parece tan contento como los demás. Debe de ser el rey de Francia prisionero.

Tom, el hombre que luchó con Eduardo en Crécy, te mira fijamente.

—Oye, no te he visto nunca antes de hoy. ¿Estás de viaje? ¿Buscas trabajo?

—¿Cómo? Ah, sí —respondes.

—Bueno, amigo, ¡has venido al lugar oportuno! Desde 1349 hemos tenido trabajo para todas las manos que puedan sostener una azada. En aquel año murió tanta gente a causa de la peste negra, que a partir de entonces muchas tareas buenas se confían a temporeros. ¡Ven conmigo!

—Mi maestro necesita otro aprendiz —dice el muchacho del delantal de cuero—. Puedes encontrarme en la calle de Hastings, si prefieres ser herrero.

Trabajar no es mala idea, piensas. Así, te adaptarás a tu nueva época. Ahora tienes que hallar la manera de conocer a algunos caballeros. ¿Cuál de las dos oportunidades te llevará más cerca de tu meta?

Quédate en la misma época y trabaja para el labrador en la granja del feudo. Pasa a la página 13.

Quédate en la misma época y hazte apendiz de herrero. Pasa a la página 23.

ESTÁS en el taller del herrero, rodeado de piezas para las piernas y el pecho, y de cascos, todo a medio terminar. Llevas ya una semana trabajando aquí. En el poco tiempo libre que tienes, Richard te ha enseñado, además, a luchar con garrotes.

—¡Sigue avivando las brasas! —te grita el maestro.

El sudor te resbala por la cara. Tu trabajo consiste en mantener al rojo vivo el fuego. Pedaleas sin cesar el gran fuelle del horno. Los operarios martillean las láminas de metal incandescente, levantando chispas que vuelan por todas partes. ¡Te cae una chispa en el pelo! Te la sacas de encima con la mano. Por el rabillo del ojo ves que alguien entra en la tienda.

—¡Bienvenido, mi buen sir Nigel! —saluda el maestro.

Por fin ha venido un caballero para llevarse una armadura. Tiene aproximadamente veinticinco años y... ¡lleva una jarretera de color azul oscuro alrededor del brazo! Eso es precisamente lo que estabas esperando.

—¡Aquí está! —dice con orgullo el maestro, mientras saca y aguanta un nuevo escudo.

Ayudas a sir Nigel a meterse en la armadura, sosteniendo las diferentes piezas para que pueda ponérselas.

El caballero da unos pasos por el taller:

—Las junturas van un poco duras —dice. Su voz resulta divertida, al reverberar en el interior del casco—. Pero estoy complacido.

Mientras asistes a sir Nigel a quitarse el arnés, aquél te mira.

—Es extraño —manifiesta—. Te pareces mucho a un viejo amigo mío. Pero eres demasiado joven para haber estado con nosotros en Crécy, ¿no es así?

—¿Crécy? —preguntas.

—Sin duda, has oído hablar de Crécy, ¡la célebre batalla! —da unos golpecitos a la jarretera de su brazo—. *Honni soit qui mal y pense.* Todos estábamos allí. Mal haya quien...

—¡Es suficiente, aprendiz! —te espeta el maestro—. ¡Vuelve a tu trabajo!

Sir Nigel y sus servidores se llevan la armadura.

¡La famosa divisa! Has hallado a un caballero que puede saber su historia. ¡Pero está saliendo por la puerta! Es mejor dar tiempo al tiempo, piensas mientras mantienes una pieza de hierro al rojo vivo en el fuego. ¿Por qué no correr en pos de sir Nigel y preguntarle qué significa el lema?

—¡Mira lo que estás haciendo, idiota! —te grita el maestro.

Asustado, sacas el hierro de las llamas. Cuando lo estás sacando, vuelcas una cubeta llena de ácido para rebajar metales. Das un brinco mientras éste se esparce por el suelo.

—¡Necio! —te vocifera el maestro, y te golpea la cabeza con un palo.

Te arrancas el delantal de cuero y lo tiras.

—Me voy —dices.

—¿Te vas? —ruge el maestro—. No puedes irte. Eres mío, aunque seas un inútil, por siete largos años.

¿Sabes qué hacemos con los aprendices que huyen?
—el hombre sostiene un pedazo de acero incandescente ante ti—. ¡Les marcamos la frente con esto!

La puerta está justo detrás de ti.

—¡Mirad! —dices, y señalas por encima del hombro del maestro.

Éste se vuelve por un momento, y sales corriendo por la puerta.

—¡Al fugitivo! —grita el maestro—. ¡No dejéis que ese diablo se escape!

La calle está llena de caballos, carros y gente. Corres tan de prisa como puedes, pero los hombres que te persiguen conocen bien esas calles. No ves a sir Nigel por ninguna parte. ¿Adónde habrá ido?

La catedral se alza ante ti, a la izquierda. A tu derecha hay una casa gremial, gran edificio donde se reúnen los comerciantes de tejidos. Si tienes suerte, puede estar muy concurrido y tener muchos sitios donde ocultarte.

¡Los hombres casi te pisan los talones! ¿Dónde deberías esconderte?

Te ocultas en la catedral.
Pasa a la página 20.

Te escondes en la casa gremial.
Pasa a la página 33.

Vas andando por un campo bajo un fuerte sol. Tom, tu amigo labrador, camina delante de ti. Guía un arado de madera tirado por un buey. El arado abre una larga hendedura, el surco a lo largo del suelo.

Pende de tu cuello una cesta llena de semillas. Metes la mano en la canasta y siembras las simientes en el surco a medida que andas.

—¡Labrador Tom! —grita un hombre desde la margen del camino.

Tom tira de las riendas del buey para detenerlo.

—¡Bah! —exclama—. Ahí viene el alguacil. ¡Precisamente cuando pensaba que habíamos tenido un buen día de labor!

—¿Quién es el alguacil? —le preguntas.

—Es quien lleva el feudo por cuenta de sir Quentin, el caballero que se llama a sí mismo señor de estas tierras.

El alguacil te mira con curiosidad mientras se os aproxima.

—Así que ahora, Tom —dice el hombre y te señala con el dedo—, prosperas tanto que has contratado un jornalero...

—¿Y por qué no contratarlo? —replica el labrador—. Ya no soy un siervo. No trabajo para sir Quentin. ¡Soy un propietario libre, libre! Me gané la libertad luchando por el rey en Crécy.

—Sí, lo sé, Tom. Todos estamos muy orgullosos de ti. Pero los campos de labranza de sir Quentin necesitan ser arados, también, y tu familia siempre ha trabajado para él. Toma el buey y a tu nuevo jornalero y pasa el resto del día allí —el alguacil da media vuelta y se marcha.

Tom coge un terrón de barro del suelo y se dispone a tirarlo al alguacil. Le sujetas la mano para detenerlo.

—¡No puede darme órdenes de esta manera! —gruñe el labrador—. Si sir Quentin quiere que yo trabaje sus tierras en lugar de las mías, tendrá que pagarme por ello, ya lo creo. Estoy hasta la coronilla de caballeros que me desprecian. Ven. ¡Va a ver ese señor! Pasaremos el resto del día tirando con el arco.

Sigues a Tom de regreso a su choza. El campesino toma un carcaj lleno de flechas y un gran arco casi tan alto como él.

—¡Vamos! —te dice—. Los muchachos nos esperan abajo, en la pradera del pueblo.

Le sigues. Piensas que aprender a disparar con arco puede serte útil.

Sin embargo, no has aprendido mucho acerca de los caballeros trabajando aquí como labriego. Tal vez debiste haberte ido con el aprendiz de herrero. Podrías marcharte a hurtadillas y franquear hacia atrás la barrera del tiempo para reunirte con él. ¿Lo harás?

Regresas a Winchester y trabajas para el herrero.
Pasa a la página 23.

Te quedas con Tom y aprendes a manejar un arco grande.
Pasa a la página 45.

Estás sentado al borde
del campo situado al pie de las murallas del castillo de
Windsor. Los caballeros salen de grandes tiendas re-
matadas por estandartes de vivos colores, que ondean
al viento. Los escuderos ayudan a los caballeros a
montar a caballo. La reina Felipa de Inglaterra y varios nobles se hallan aposentados en una plataforma
levantada en la sombra. Todos los demás asistentes se
sientan en unos troncos o en la hierba.

Suenan las trompetas. Redoblan los tambores. ¡Va
a comenzar el primer encuentro del torneo del rey
Eduardo!

El rey encabeza una partida de diecinueve caballeros contra un grupo rival acaudillado por sir Miles
Stapleton. Los contendientes se cubren con una armadura, de pies a cabeza. Incluso los caballos la llevan.
Los caballeros forman dos líneas puestas frente a
frente, separadas por treinta yardas.

La reina se levanta y mantiene en alto un pañuelo.

—¡Que empiece el combate! —grita la soberana.

Suelta el pañuelo y cuando éste llega al suelo, los
caballeros espolean a los caballos.

—¡Mi espada y san Jorge! —vociferan los contendientes mientras se lanzan a la lucha.

Notas cómo el suelo tiembla por el creciente galope
de los cuarenta corceles.

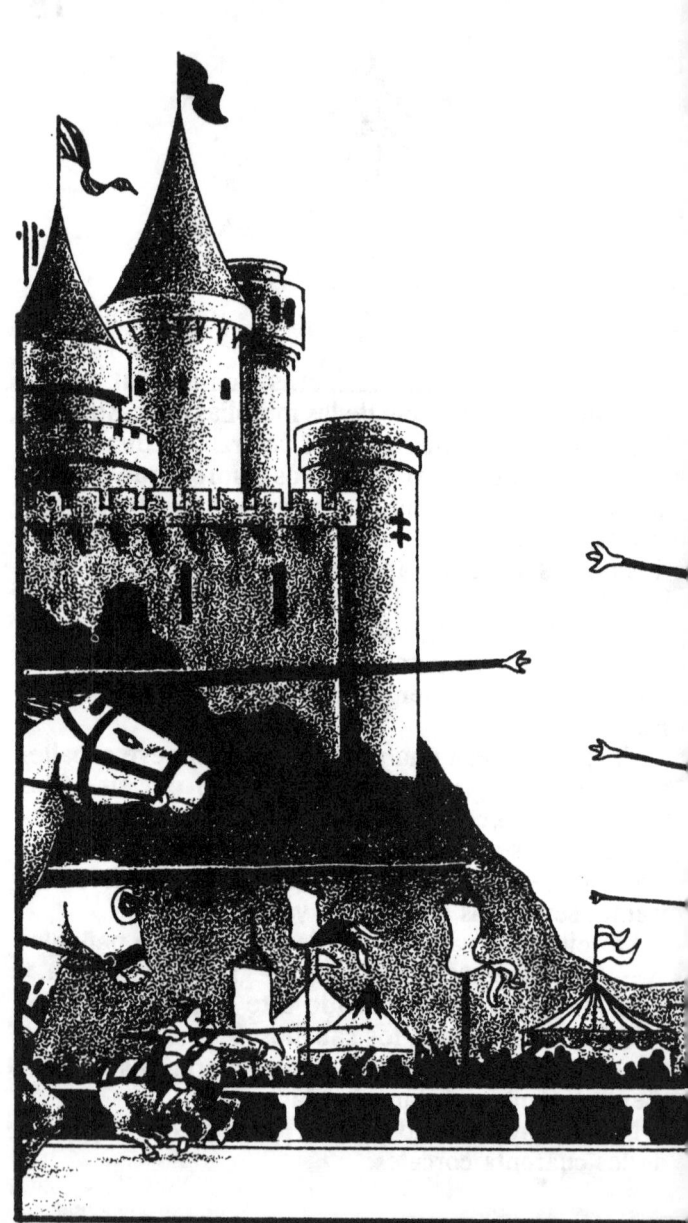

Los caballos se encuentran, exactamente ante ti, en un choque de lanzas que se astillan y de cuerpos que se aplastan. Tres de los jinetes son derribados de sus monturas. Sus escuderos corren a ayudarlos a levantarse. El resto hace girar a los caballos y vuelve a la carga. ¡Y otra vez! Pronto sólo hay unos pocos caballeros montados. Los escuderos se llevan los animales, y los contendientes continúan el combate a pie.

—¿Quién es vuestro campeón hoy, lady Joan? —pregunta una de las dos mujeres sentadas cerca de ti.

—He jurado no decir su nombre —responde la otra dama, una chica rubia de unos dieciséis años de edad—. Mas se trata de un caballero muy gallardo. Le he dado mi jarretera.

¡Una jarretera! Eso forma parte de lo que te ha traído aquí en su busca: el significado del mensaje de una jarretera.

—Perdonadme —intervienes—, ¿es vuestro caballero amigo miembro de la Orden de la Jarretera?

La joven dama os mira, a ti y a su amiga, luego de nuevo a ti.

—¿La Orden de la Jarretera? ¿Qué quieres decir? —pregunta lady Joan—. Le he dado una pieza de mis vestiduras como prenda de mi afecto. Como puedes ver, todos los caballeros llevan detalles de las damas a quienes aman.

Tu interlocutora tiene razón. Casi todos los caballeros llevan un guante de mujer, un velo o una jarretera atados alrededor de la lanza o en el arnés. Pero si esas damas no han oído hablar de la Orden de la Jarretera, quizá has llegado demasiado pronto, antes de que ocurra.

—¡Cuidado! —grita alguien, mientras un par de contendientes agarrados casi te caen encima.

Lady Joan y su amiga se cogen las largas faldas y abandonan rápidamente el lugar.

Este torneo es algo serio. Decides pasar al otro lado del campo por detrás de una tienda, donde tal vez estarás más a salvo.

—¡Alto! —te espeta una voz. Es Randall, el escudero que te vio franquear la barrera del tiempo. ¡Te está apuntando con una larga espada!—. Eres un hechicero, lo sé —gruñe—. ¡Te reto a luchar!

—No quiero luchar —dices—, y además, no soy un brujo.

—No sólo eres un brujo, ¡sino también un cobarde! —te replica con desprecio—. Venga, elige el arma. ¿Espadas o garrotes?

Sabes que puede matarte si intentas luchar con espada, de modo que pides el garrote. Pero, ¿qué es un garrote?

—Pues será con garrotes —dice Randall—. Aguarda aquí mismo, por tu honor, voy a buscarlos —y el escudero se va corriendo.

Qué importa lo que sean los garrotes, piensas, él debe de estar ejercitado en su uso. ¡Y tú no! La Orden de la Jarretera aún no existe, así que... ¿por qué seguir aquí? Si saltas al futuro, no tendrás que enfrentarte con Randall cuando vuelva.

Te adelantas cinco años, hasta 1349.
Pasa a la página 27.

Avanzas trece años, hasta 1357.
Pasa a la página 5.

ENTRAS corriendo en la catedral de Winchester, que están ampliando.

Carpinteros y albañiles trabajan duramente.

Una mano te tira de la manga.

—Por favor, algunas monedas para un pobre mendigo —te pide un individuo harapiento que se halla a tu espalda—. Soy un aprendiz fugitivo —prosigue—. Mi maestro me pegó, de manera que vine a refugiarme aquí. No puede entrar a prenderme, pero eso fue hace... ¡tres años! Tampoco puedo abandonar la catedral, o me marcará con un hierro candente.

¡He aquí a uno más que buscó refugio en la catedral! Según las leyes medievales, dentro del templo estás a salvo... pero únicamente si no vuelves a salir de él. Por fortuna no tienes que quedarte. Encuentras una capilla silenciosa, para salvar el curso del tiempo. ¿Hacia dónde?

Había una nube de caballeros en el desfile del príncipe, recuerdas. ¿Por qué no tratar de hablar con ellos?

Pasa a la página 34.

PASEAS por un callejón de Windsor, el 15 de mayo de 1349. Un carromato avanza por la callejuela, cargado de cuerpos humanos. ¡La peste se ensaña! Naturalmente... tenías que saberlo bien. Llegó a Inglaterra el año pasado, en 1348. La población estuvo a salvo de ella todo el invierno gracias al frío, pero cuando en primavera mejoró el tiempo, las ratas y las pulgas volvieron a propagar la enfermedad.

Oyes música que viene de la plaza. Miras hacia allí. ¡Qué vista tan extraña! La plaza se halla repleta de gente bailando.

Una muchacha se separa de la multitud y dice:

—He estado bailando durante dos días. Si continuamos bailando sin cesar, no cogeremos la peste.

Triste creencia. ¡Esperan que la danza los protegerá de la enfermedad! Te marchas de allí.

Será mejor que vuelvas sobre tus pasos. Vagas por la calle en busca de un sitio para franquear la barrera del tiempo sin ser visto.

Pasa a la página 15.

ANDAS por las concurridas calles de Winchester. Buscas el taller del herrero. Recuerdas que en esta época también usaban la palabra arnés para designar la armadura. En una tienda de arneses podrás hablar con algunos caballeros, cuando vengan a comprar una armadura.

La calle principal de Winchester está pavimentada con piedras redondas. En el centro y a los lados discurren unos estrechos canales llenos de toda clase de inmundicias. ¡Apestan! Los canales son cloacas abiertas y fluctuantes. Aún han de pasar siglos antes de que se invente el sistema de cañerías interiores.

—¡Agua va! —grita una mujer desde una ventana de una de las casas, que parecen de mazapán.

Pegas un salto a tiempo, pues la mujer vierte un cubo lleno de basura acuosa en plena calle.

—¡Cuidado con adónde tiras eso! —exclamas.

La mujer inclina la cabeza para mirarte.

—¡Tú debes tener cuidado! —te suelta—. Te avisé, ¡agua va!

Eso debe significar «atención a la basura», decides. Mientras caminas vigilas las casas que se levantan a tu lado, por si alguien más se dispone a tirar la basura de esa manera.

—¡Eh, tú! —te grita alguien—. ¿Todavía quieres trabajo?

Es el aprendiz de herrero. Está jugando con un amigo, luchan con unos largos garrotes.

—Sí, me interesa —le contestas.

—Aguarda aquí conmigo —dice el jovenzuelo—. El maestro aún no ha regresado del desfile del príncipe. ¡Venga! —te tira uno de los largos garrotes—. Luchemos con garrotes.

¡De modo que esto es un garrote! Lo sostienes tal como lo hace él, con una mano en medio y la otra en un extremo. El aprendiz intenta golpearte con la punta del palo. Lo impides con el tuyo y lo haces retroceder empujando.

—Bien hecho —afirma el muchacho.

Luego voltea el garrote con rapidez y te tumba en el suelo de un golpe.

—¡Ja, ja! —se ríe mientras te ayuda a levantarte—. ¡Te puedo enseñar una o dos cosas! Me llamo Richard.

Le dices tu nombre y le das la mano. El chico procede a mostrarte cómo ganar en una pelea con garrotes.

—¡Así que estás ahí! —brama una potente voz. Un hombretón calvo, que viste un delantal de cuero, golpea a Richard en la cabeza—. Te dije que estabas libre medio día, ¡no durante toda una semana! ¡Vuelve al obrador, haragán!

El mozuelo se frota enérgicamente la cabeza y levanta la mirada.

—Lo sé, señor. ¡Pero mirad! He hallado un nuevo aprendiz.

El herrero se acaricia la barbilla mientras te observa atentamente.

—De manera que quieres ser herrero, ¿eh? Eso quiere decir escoger un trabajo duro, desde el alba hasta el crepúsculo, seis días a la semana excepto las fiestas de guardar. Pero tan seguro como el día sigue a la noche, tras siete años de aprendizaje lo sabrás todo acerca de cómo construir una armadura. Entonces serás libre para marcharte y hacer fortuna como lo creas conveniente.

¡Siete años! No deseas quedarte aquí tanto tiempo, pero no quieres mentir al maestro. ¿Qué podrías decirle?

—En tanto el día siga a la noche —contestas—, trabajaré para vos.

Eso, para uno como tú, que se desplaza a través del tiempo, no es prometer nada. Para ti, ¡el día no siempre sigue a la noche!

Hazte herrero en la página 9.

T E encuentras en las afueras de un pueblecito cercano a Windsor. Hay restos de nieve por los alrededores: te adelantaste en el tiempo porque la peste desapareció en invierno.

Bajas por la calle mayor del pueblo. ¿Dónde está todo el mundo? Las casas aparecen abandonadas.

¡Esto es una población fantasma! ¿No dejó la plaga absolutamente nada con vida aquí? Tal vez deberías anticiparte aún más.

Algo se mueve en un portal. Sólo es un perro que se escabulle, pegado al costado de una casa. El pobre animal está en los huesos. Tiene los ojos feroces.

—¡Guau!

Hay otro perro detrás de ti. Y otro delante. Pronto te encuentras rodeado por una manada de canes que gruñen y babean de... ¡hambre! Han hallado algo insólito; una presa tierna y carnosa: ¡tú!

Uno de los perros trota hacia ti. Te muestra los colmillos. ¡Pero tendrá que buscarse el sustento en otro sitio!

Tomas una delantera de siete años.
Pasa a la página 5.

AVANZAS por una calle estrecha de la villa que se extiende bajo el castillo de Windsor, el 15 de septiembre de 1349. Todas las puertas y ventanas están cerradas. No hay nadie alrededor y un olor horrible embarga el aire. Un carro de madera, tirado por un buey de aspecto hambriento, dobla la esquina. Dos hombres, de aspecto cansado, vestidos con largas túnicas y capuchas oscuras, caminan al lado del vehículo.

—¡Sacad a vuestros muertos! —repiten—. ¡Sacad a vuestros muertos!

Una de las puertas se abre y dos niñas llorosas tiran de algo envuelto en una manta, hacia la calle. La manta se entreabre un momento: ¡es un cadáver! Una repugnante hinchazón negra aparece bajo el hombro de la mujer muerta. Su blanca cara está petrificada, y en sus ojos, perdida, una profunda mirada de terrible dolor.

¡La peste! Estás en 1349. Has llegado precisamente en plena peste negra, la peor enfermedad de toda la historia del mundo.

Los hombres tiran el cadáver al cochambroso carro, que rebosa de muertos. ¡Esto es horroroso! Muere tanta gente, tantísima, al mismo tiempo que las personas que quedan con vida ni siquiera pueden celebrar los funerales para sus allegados.

Corres hacia una calle lateral para huir de lo que ves. Llegas a una amplia plaza pública.

Una mano huesuda te coge del brazo.

—Reliquias de santos, a un precio impío —te murmura un anciano que lleva una capucha negra—. Protección para tu alma inmortal... ¡te garantizarán un lugar en el paraíso! Por sólo unas monedas —se saca una cajita y la abre—. Esto es el dedo de un santo bendito. ¡Significa el perdón de todos tus pecados! Todos moriremos. ¡Esto es el fin del mundo! Sin embargo, puedes escoger: ¿quieres ir al cielo, o al infierno?

—No, gracias —dices, mientras tratas de no mirar el interior de la caja.

El viejo te agarra con más fuerza.

—No me resulta familiar tu rostro —manifiesta—. ¿De dónde vienes?

—Soy... ¡forastero!

—¡Un forastero! —exclama el anciano.

Se tira la capucha atrás y llama a algunas personas que hay al otro lado de la plaza.

—¡Forastero!... —insistes.

—¡Mirad! —grita—. ¡Hay un desconocido entre nosotros! Puede que sea uno de los malvados que han envenenado los pozos para matarnos.

Más manos te prenden.

—Soltadme —chillas—. Nadie ha envenenado los pozos. ¡No es eso lo que causa la peste!

—¡Ajá! Así que no son los pozos, sino otra cosa. ¡Y tú sabes lo que es! Claro que lo sabes, ¡porque eres tú quien trae esa plaga!

¿Cómo hacerles comprender quiénes son los responsables, los transmisores, de la peste que asola su villa? Ten cuidado, ahora vives en una época llena de prejuicios y supersticiones, y cualquier palabra o comentario pueden delatarte.

Te sueltas de tus captores de una sacudida y partes corriendo.

—¡Atrapad a ese extraño! ¡Se escapa el envenenador!

Doblas hacia una callejuela y te tomas un respiro. ¡Es hora de salir de aquí! Pero, ¿deberías adelantarte unos meses o retrasarte unos cuantos?

Retrasarte cuatro meses.
Pasa a la página 22.

¿Adelantarte cuatro meses?
Pasa a la página 26.

Te conducen a rastras al cepo. Al otro lado de la catedral se levanta una hilera de grandes armatostes de madera, con agujeros. Quienes tiran de ti ladean el bloque superior de madera e introducen tu cabeza y tus piernas por los orificios abiertos entre las dos mitades del cepo.

¡Croc! ¡Ya estás preso en el instrumento! Te retuerces, quieres salir, pero la madera se ajusta a la perfección alrededor de tu cuello y tobillos.

Durante todo el día muchas personas se ríen de ti y te arrojan cosas cuando pasan. Cuanto más te irritas más se ríen. ¡Qué modo tan humillante de ser castigado! Podrías pasar a otra época, pero de acuerdo con las reglas del viaje a través del tiempo, has de evitar desaparecer cuando alguien pueda verte, a menos que sea un asunto de vida o muerte. Aguardas a que anochezca, cuando no haya nadie allí, para pasar a otro período.

Franquea hacia atrás la barrera del tiempo, salta al Winchester de 1357. Pasa a la página 23.

CAES en un suelo pedregoso. Ante ti un caballo pace, con las piezas de la armadura abandonadas en la silla de montar.

Una multitud de curiosos rodea al animal. Te miran fijamente.

—¡Un brujo! —gritan—. Primero había alguien en el arnés, que iba montado en el caballo. Luego, por arte de magia, ¡la armadura quedó vacía! ¡Ahora ha reaparecido el brujo!

Te pones en pie e intentas correr, pero la muchedumbre te alcanza y te agarra.

—Llevad a ese brujo al calabozo —propone alguien—. ¡Los sacerdotes sabrán qué hacer con él!

Pasa a la página 42.

ENTRAS corriendo en la casa gremial. Se trata de un gran edificio de piedra, de altas paredes cubiertas con tapices.

Por desgracia, no hay gente con la que mezclarse. Algunos jóvenes golpean una pelota con unos mazos planos y enrejados, que parecen raquetas de tenis primitivas.

—¡Te hemos pillado! —dice una voz.

Das media vuelta para escapar, pero los hombres del herrero te agarran por los brazos.

—Perdónanos —te confiesan mientras te arrastran afuera—, pero el rey prohíbe que los aprendices huyan. Procuraremos evitar que el maestro te marque. Mas tienes que ser castigado. ¡Pasarás una noche y un día en el cepo!

Pasa a la página 30.

Te hallas en aquella misma capilla silenciosa de la catedral de Winchester, donde estuviste una semana antes. Vuelves a estar en el 20 de mayo. Hoy, nadie da martillazos ni sube por las largas escaleras. Todo el mundo debe de estar afuera, donde oyes cómo la multitud vitorea al príncipe Eduardo y a su prisionero, el rey Juan.

Sales del templo y sigues el desfile. Los caballeros se apean de sus corceles y entran en la casa gremial de los comerciantes de tejidos, situada al otro lado. Intentas seguirlos, pero un guardián te lo impide con un empujón.

—¿Adónde pretendes ir? —te ruge mientras blande la espada amenazadoramente—. ¡Vuelve atrás!

Una nube de mendigos también trata de entrar.

—¡Por favor! —suplican—. ¡Unas monedas para los pobres!

La puerta del edificio se abre. Un hombre con una chaqueta forrada de piel sale a la calle.

—¿Unas monedas? —dice a los mendigos—. Una afortunada docena de vosotros conseguirá algo más que eso. Como es costumbre, el príncipe ha ordenado que doce pobres sean convidados a compartir su banquete, para que representen a los doce apóstoles de la Última Cena —el hombre señala a un pordiosero que sólo tiene un brazo—. Tú —ordena el funcionario real—, y tú, y tú… y tú —¡te está señalando a ti!

Entras en un gran vestíbulo iluminado con antorchas y encuentras asiento en una mesa de madera muy larga, al lado de un hombre vestido de seda y piel. Comparecen varios sirvientes que acarrean enormes bandejas con gansos y cerdos asados. Los mendigos clavan la mirada en la comida, los ojos y la boca desmesuradamente abiertos, como si no pudieran dar crédito a lo que ven.

Frente a ti hay un plato de madera y un cuenco, pero no ves cucharas, ni tenedores ni servilletas. ¿Cómo te las arreglarás para comer sin tenedor?

El príncipe se levanta y exclama:

—Por la gracia de Dios, proveedor celestial, ¡que comience el ágape! —toma un pedazo de carne con los dedos y se lo mete groseramente en la boca.

Todo el mundo empieza a cortar la carne con los dedos, también. A veces los comensales mojan un poco de pan en la salsa, pero principalmente utilizan las manos para llevarse la comida a la boca. Jamás habías visto tamaña demostración de pocos modos en la mesa. ¡Y todos son personas ricas!

Al no disponer de cubiertos, comes como lo hacen los demás. Pronto tienes los dedos llenos de grasa.

—¿Tienes los dedos sucios, mi joven amigo? —te pregunta el hombre que está a tu lado—. Te enseñaré lo que debes hacer.

Mira debajo de la mesa y silba. Un perro grande y peludo viene al trote. El hombre da al animal un pedazo de carne, y se limpia los dedos en el pelo del can.

¡Se ha servido del perro como si fuera una servilleta! Bueno, te preguntas, ¿qué deben emplear a modo de pañuelo?

El hombre se ríe ante la cara que pones.

—¿Qué te pasa? —dice—. Eso es lo que se hace los banquetes de todo el mundo. Lo sé. Soy un trotamundos. Me llamo Froissart. Voy de corte en corte, contando historias acerca de caballeros y de reyes de muchos países. Algún día las reuniré en un libro.

—Oíd, tal vez vos podríais ayudarme —le susu-

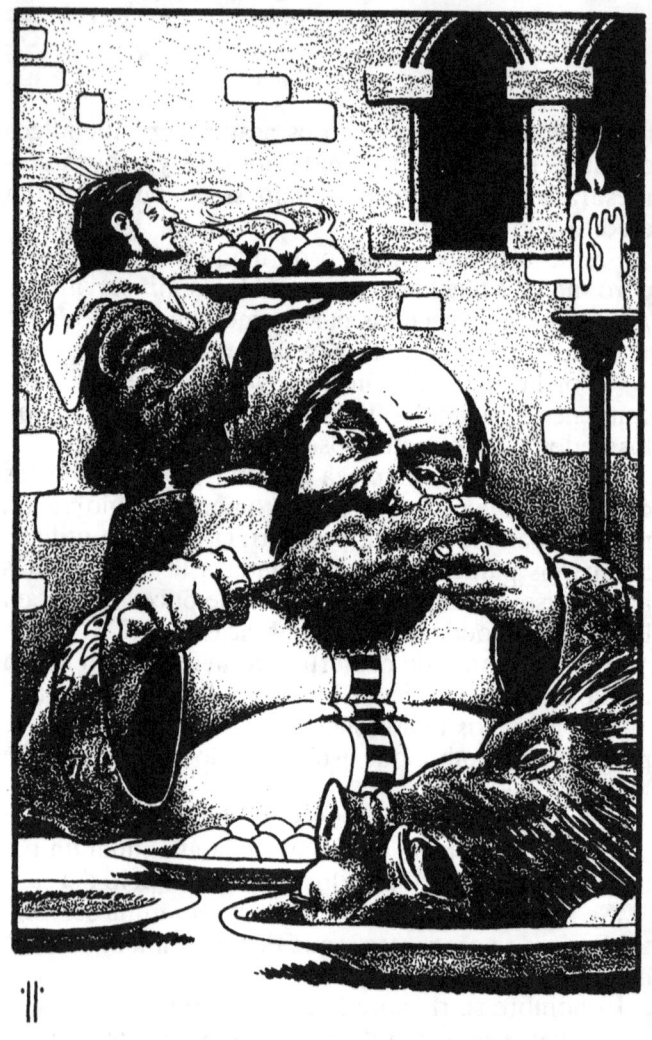

rras—. Me he preguntado muchas veces qué signifi-
can las jarreteras que esos caballeros llevan en la
manga.

—Ah, sí —contesta Froissart—. Los caballeros de

la Orden de la Jarretera. ¡Los caballeros más nobles de Inglaterra! Tienen una curiosa divisa: *Honni soit qui mal y pense.*

—¿Sabéis qué significa?

—¡Claro que conozco lo que significa: «Mal haya el que mal piense»!

¡Al fin has hallado a alguien que sabe algo de la famosa divisa! No obstante... ¿qué quieren decir, en realidad, esas palabras? El «mal haya» es para aquel que piense mal de, ¿qué? Se lo preguntas al trotamundos.

—Me temo que no puedo ayudarte en eso. Puede que sólo el propio rey Eduardo sepa la respuesta. Él fundó la Orden de la Jarretera... me parece que fue al final de un torneo en Windsor, en 1344.

¿En Windsor, en 1344? Aquel año fuiste a un torneo en Windsor, ¡la primera vez que llegaste aquí! Sin embargo, sólo asististe el primer día, de los tres de que constaba el torneo. Si Froissart tiene razón, deberías ir allí a la conclusión de la justa. El rey conoce el significado del lema, y él puede armarte caballero.

El festín casi ha terminado. Los mendigos, sentados en un extremo de la mesa, se repantigan y hacen muecas mostrando los dientes con satisfacción, después de la mejor comida que han tomado en muchos años.

—Os estoy muy reconocido, señor Froissart —dices—. Ahora debo marcharme.

En la parte posterior del vestíbulo encuentras una habitación secundaria vacía.

Retrocede trece años, de vuelta al Windsor de 1344.
Pasa a la página 61.

RESUELVES batirte en duelo con Randall, para demostrar que no eres un brujo. Ningún caballero de verdad eludiría un desafío como ése, ¡y se supone que te convertirás en uno de ellos!

El escudero te tira un garrote. Sabes cómo usarlo. Tampoco ignoras que el juicio del agua podría acarrearte la muerte por asfixia.

Una multitud se apiña alrededor de vosotros; entre los asistentes está sir Cuthbert. Un muchacho rubio, de unos catorce años, mira la escena, divertido.

—¡En guardia! —te grita Randall, quien acto seguido dirige su garrote... ¡directamente hacia tu cabeza!

Paras el golpe. El escudero se ha confiado demasiado. ¡Ha abierto mucho sus defensas! Hundes el extremo de tu garrote en medio de su estómago.

—¡Uf! —exclama tu contrincante, y cae de espaldas al suelo.

El gentío que os rodea se ríe.

—¡Buen golpe! —grita el muchacho rubio.

Randall se incorpora de un salto y se lanza a la carga. Paras el primer ataque, luego el segundo. Es fuerte, el mozo. No obstante, Richard te enseñó que la fuerza sólo es una pequeña parte del juego. La rapidez de reflejos y la habilidad con los pies siempre se impondrán a la fuerza bruta.

Adviertes cierta pauta en la manera cómo se mueve el escudero. Cuando salta adelante con el pie izquierdo, casi siempre mantiene en alto el extremo grueso del garrote para intentar golpearte la cabeza con él.

La próxima vez que actúe así, ya sabes qué debes hacer. Brincas a la derecha y balanceas tu garrote de lado.

Vuelves a derribar a Randall, a golpes. La muchedumbre que os rodea te vitorea.

Tu adversario se ha encolerizado. Se levanta en un santiamén y se lanza contra ti con el garrote apuntándote como... ¡una espada!

Te apartas limpiamente a un lado y le das en el trasero. Todo el mundo se ríe. Un contrincante enfadado es un contrincante débil, lo sabes bien. Debes mantenerte sereno.

Ahora Randall es fácil de atacar. Le sueltas un estacazo en el estómago, y se cae, falto de aliento.

—¡Buena pelea! —grita uno de los caballeros—. Un luchador tan valiente no puede ser un brujo.

El chico rubio te da unos golpecitos de felicitación en el hombro y te guía fuera del corro, en tanto sir Cuthbert ayuda a su escudero a levantarse.

—Un combate bueno y valeroso. ¿De dónde eres? Me parece que no te conozco —dice el joven, que usa una túnica roja con tres leopardos o leones de oro bordados.

—Soy forastero —respondes—. Vengo de muy lejos.

—¿Eres noble o villano?

He aquí una pregunta con segundas intenciones. ¡Quiere saber si eres noble!

—Vengo de una tierra —dices vagamente— en que todos somos nobles.

—¡Pardiez! —exclama, con una sonrisa—. Veo que

hablas bien de tu tierra natal. Puedo decir que eres de educación noble por tu modo altivo de hablar.

—Mi señor —le sugiere un caballero—, quizá éste sea el nuevo escudero que esperábamos, del reino de Navarra.

¿Navarra? No puedes decirles de donde eres realmente. ¿Por qué no dejarles creer que eres de un lugar muy lejano, como Navarra parece serlo?

—Mi valiente amigo de Navarra —te dice el muchacho rubio—, ¿quieres formar parte de mi servicio como escudero?

Estás encantado, pero asombrado. ¡Ese chico no es apenas un día mayor que la mayoría de los escuderos! Tendrás que ser escudero antes de poder convertirte en caballero, ¿pero deberías aceptar su ofrecimiento? ¿O aguardar y tratar de hacerte escudero de cualquiera de los otros caballeros, de más edad?

**Dices que sí al joven rubio.
Pasa a la página 49.**

**Le contestas que no.
Pasa a la página 51.**

Un soldado te lleva al castillo para que aguardes allí el juicio, acusado de ser brujo. Entráis en la fortaleza por una gruesa puerta de roble. Rozas las paredes frías y húmedas de un oscuro túnel. Aparece un hombre, vestido de negro. Aguanta una llameante antorcha.

Descendéis por una empinada escalera de piedra. A la poco clara luz de la antorcha distingues una serie de celdas con puertas de barrotes de hierro. El hombre abre una de las puertas y te empuja al interior. Toma una gruesa cadena colgada de una argolla de la pared, te la pone en la pierna y suena un ¡clic!

¡Estás encerrado en una mazmorra!

—¡Pst! —murmura alguien.

Te acercas a la férrea puerta.

—¿En qué año estamos, dime? —dice una trémula voz ronca.

—En 1344 —contestas—. ¿Cuánto hace que estás aquí?

—¡No lo sé! —gime la voz—. Se han olvidado de mí. Y yo tampoco me acuerdo de por qué me metieron aquí...

Cometiste una equivocación al dejarte encerrar de este modo, piensas. Sin embargo puede que la respuesta al enigma de la divisa aún se halle en esta época.

Aguardas en la húmeda celda, mientras intentas encontrar una manera de escapar. Al fin y al cabo, un caballero debe ser valeroso y tendrías que actuar como uno de ellos si deseas serlo.

Oyes venir al guardián. Te aplastas contra el húme-

44

do muro del calabozo, presto a salir a empellones cuando se abra la puerta.

Sólo que percibes dos voces que descienden por el túnel... ¡Han venido a llevarte al juicio!

Los soldados te arrastran fuera de la celda. Tres sacerdotes, de largas sotanas negras, te conducen a la orilla de una laguna. Te atan las manos a la espalda y te amarran los pies juntos.

—Prisionero —dice el sacerdote principal—, te han acusado de brujería. Para someterte a la antigua prueba, te arrojaremos al agua. Si flotas, sabremos que eres un brujo. Entonces serás quemado en la hoguera. Si eres inocente, ¡te hundirás!

¡Este juicio del agua es una locura! ¿Qué sacarás en claro de probar que eres inocente, si la prueba hace que te ahogues?

Dos sacerdotes te llevan a una roca situada encima de la laguna. Inspiras profundamente. ¡Te hacen oscilar adelante y atrás y te tiran al agua!

Caes en ella, que está muy fría. Luchas por desatarte, pero las cuerdas de pies y manos están fuertemente amarradas.

Ya has tenido bastante. No esperarás a ver si te hundes.

**Te anticipas y saltas a 1349.
Pasa a la página 27.**

**Rebasas el tiempo hasta 1357.
Pasa a la página 5.**

TE encuentras con el labrador Tom y un grupo de amigos suyos en el prado del pueblo. Por el lugar vagan algunos gansos mientras los hombres disparan flechas, de tres pies de longitud, contra una diana.

—Mira —te dice Tom—, este arco se ajusta a tu estatura. Permanece en esta posición, con el codo apuntando a la diana. Sostén la flecha fija contra la cuerda y tira de ésta para atrás.

Tiras de la cuerda con todas tus fuerzas, pero es un ejercicio muy difícil. Te preocupa que la saeta pueda soltarse de la cuerda, pero te mantienes firme. Cuando ya no puedes sostenerla más tirante, disparas.

¡Fiuuu! La flecha cruza vacilante el aire y se clava al pie de un árbol; casi da en un ganso.

—¡Jo, jo! —se ríe Tom—. Ya estás buscando plumas para las flechas, ¿eh?

—No tires de la cuerda sólo con los brazos —te aconseja otro hombre—. Utiliza todo el cuerpo. Hazlo así.

¡Zas! Su saeta se clava en el centro exacto del blanco.

—¡Buen tiro! —grita otro de los presentes—. ¡Daré una jarra de cerveza a quien lo haga mejor!

Tom saca una flecha, apunta y la suelta al cabo de un instante. ¡Ésta divide la primera en dos!

Los hombres lo vitorean. El labrador se bebe la merecida cerveza.

—¡Vamos a correrla, muchachos! —grita entusiasmado después.

Sigues al grupo camino abajo hacia Winchester. Te apartas de los hombres cuando tiran flechas a los árboles, los pájaros, los gatos y a cualquier cosa que les sirva de blanco.

Todavía están disparando cuando llegáis a las puertas de Winchester. Como la mayoría de las grandes ciudades, Winchester se halla rodeada por altas murallas con una gran puerta de arco en medio. No obstante, hay algo terrible encima de dicha puerta: ¡una hilera de cabezas clavadas en estacas!

—¿Qué hacen esas cosas ahí arriba? —preguntas a Tom.

—¡Ah! Se trata de algunos tipos que simplemente han perdido la cabeza, ¿no te parece? —el labrador se ríe.

—¡Menuda pérdida! —comentas.

—Bribones y criminales, eso eran —continúa Tom—. El señor alcalde de Winchester ha mandado poner las cabezas ahí como aviso. Cualquiera que pase estas murallas se portará mejor.

—Son un buen blanco, ¿verdad? —dice uno de los amigos de Tom—. Veamos si puedo tocar una.

El hombre pone una flecha en su arco y apunta a una de aquellas espantosas cabezas. La saeta parte veloz y sobrevuela la muralla.

Dos enojados guardianes salen corriendo por la puerta, seguidos por un hombre vestido de seda y piel. La flecha del amigo de Tom... ¡ha atravesado su sombrero!

—¿Quién ha osado disparar una flecha contra el sombrero del señor alcalde? —vociferan los soldados.

Tus compañeros se miran los pies. ¡Los guardianes se fijan en ti!

—Muy bien, joven pendenciero —te dice uno de ellos—. ¡Pasarás una noche y un día en el cepo!

Intentas replicar, aunque supones que será inútil hacerlo. ¿Cómo convencerles de algo cuando creen que atravesar el sombrero del alcalde con una flecha constituye un grave delito?

Ya lo sabes. ¡Te espera el cepo! ¡Suerte!

Pasa a la página 30.

DAS otra ojeada a la túnica del muchacho rubio mientras Randall se marcha renqueando. La túnica lleva el leopardo, emblema de la realeza inglesa. ¡Este joven debe ser Eduardo, el Príncipe Negro, a quien viste ya adulto en Winchester en 1357! Aunque ahora es muy joven, como hijo del rey manda a muchos caballeros.

—Serviros será un honor —contestas al príncipe.

Empiezas a arrodillarte, pero Eduardo te toma de la mano y te levanta.

—No son precisas las formalidades, bravo escudero de Navarra —dice; a continuación llama a otro chico—. Éste es Nigel, escudero de uno de mis mejores caballeros, sir John Chandos. Nigel, deseo que prepares a nuestro nuevo escudero.

Nigel se inclina y besa la mano del príncipe.

—Como mandéis, mi señor —responde el muchacho.

Sigues a Nigel y a Eduardo. Los tres os reunís con una multitud de caballeros y de damas congregados en un montículo próximo, alrededor del rey Eduardo III. El monarca hace un gesto con la mano, e instantáneamente los presentes guardan silencio.

—Hace muchos años —dice en voz alta el rey—, y según las historias que se cuentan, el glorioso rey Arturo solía reunirse en está misma colina con sus Caballeros de la Tabla Redonda. Los mejores caballeros de su reino se sentaban en círculo, de modo que ningún caballero pudiera decir que él tomaba asiento en la cabecera de la mesa. Y nos juramos aquí, por nuestro honor de caballero y de rey, que antes de que transcurran cuatro años crearemos una nueva Tabla Redonda. Los mejores caballeros de nuestro reino se sentarán con nos aquí, en una capilla que dedicaremos al caballero santo, ¡a san Jorge!

—¡Viva! —prorrumpen los caballeros y las damas; los primeros blanden las espadas por encima de sus cabezas—. ¡Hurra por el rey Eduardo! ¡Hurra por la nueva Tabla Redonda!

Bien, los planes del soberano para «los mejores caballeros de nuestro reino» suenan como el principio de la orden de caballería que estás investigando. Mas Eduardo III no ha mencionado la jarretera, o el famoso lema. ¿Quizá Froissart estaba equivocado acerca del año en que el rey fundó la Orden?

Miras atentamente a Nigel mientras te lleva fuera de las tiendas. Lo reconoces: ¡es el caballero que viste en 1357 en el taller del herrero donde trabajabas! Ahora aún es un escudero, pero sabes que algún día se convertirá en sir Nigel y que usará la jarretera. Será la persona perfecta para enseñarte lo que los caballeros deben saber. Así, cuando se presente la oportunidad de que te armen caballero, ¡estarás bien preparado!

Eres un escudero.
Pasa a la página 53.

ECIDES que te conviene más convertirte en escudero de un caballero hecho y derecho.

—Lo lamento —le contestas al muchacho—. Tengo otros planes.

El joven sonríe de una manera extraña, da media vuelta y se va.

Sir Cuthbert te clava una mirada llena de asombro. El escudero Randall se sonríe perversamente.

—¡Es posible! —grita Cuthbert—. ¿Has dicho que no al príncipe de Gales? ¿A Eduardo, el hijo del rey? ¡Estás loco!

¡Uy! Alguien te da un golpe en la cabeza.

—¡De rodillas, necio! —te espeta un airado caballero.

—Lo... lo siento —balbuceas—. ¡No sabía quién era!

Miras de nuevo la túnica que lleva el muchacho. Naturalmente, tiene tres leopardos de oro. Y los leopardos decoran la cimera heráldica de los reyes de Inglaterra.

—¡Vete de aquí, idiota! —te conminan los caballeros, quienes te obligan a marcharte a empujones.

Te ocultas entre la muchedumbre de espectadores del torneo. Todos siguen a un hombre alto, embutido en una armadura, que sube dando zancadas a la cima del montículo. El hombretón se parece al príncipe: ¡debe ser el mismísimo rey Eduardo III!

—Hace muchos años —grita el monarca—, y según las historias que se cuentan, el glorioso rey Arturo solía reunirse en esta misma colina con sus Caballeros de la Tabla Redonda. Los mejores caballeros de su reino se sentaban en círculo, de modo que ningún caballero pudiera decir que él tomaba asiento en la cabecera de la mesa. Y, nos, juramos aquí, por nuestro honor de caballero y de rey, que antes de que transcurran cuatro años crearemos una nueva Tabla Redonda. Los mejores caballeros de nuestro reino se sentarán con nos aquí, en una capilla que dedicaremos al caballero santo, ¡a san Jorge!

—¡Viva! —prorrumpen los caballeros y las damas—. ¡Hurra por el rey Eduardo! ¡Hurra por la nueva Tabla Redonda!

Los planes del soberano para los «mejores caballeros de nuestro reino» suenan como el principio de la Orden de la Jarretera. Sin embargo, el rey no mencionó la jarretera. Si aquél va a crear una nueva Tabla Redonda, ¿por qué no retroceder hasta el tiempo de la vieja para ver si el rey Arturo sabe lo que significa la divisa?

Continuar aquí, en 1344, no te sirve para nada, puesto que pronto todo el mundo sabrá que has rechazado el ofrecimiento del príncipe.

Recula mil años para buscar al rey Arturo. Pasa a la página 80.

Estás en el campo de instrucción de Windsor, con un grupo de escuderos.

—Atención, coge esta lanza —te dice Nigel.

Éste lleva varios días instruyéndote pero hoy es la primera vez que empleas un equipo de verdad. La lanza no es tan larga ni tan grande como las que usan los caballeros, pero te resulta bastante pesada.

Nigel señala un extraño artefacto en forma de «T». Un blanco cuelga de un extremo de la «T», y un saco de arena del otro.

—Ese artefacto —aclara Nigel— lo utilizamos para hacer puntería. Sostén la lanza con firmeza y mantenla apuntada al centro del blanco. Si no le das exactamente en el centro, ¡ten cuidado!

—Que tenga cuidado, ¿de qué? —preguntas.

—¡Ya lo verás! —exclaman los otros escuderos, riéndose.

Agarras con fuerza la lanza y corres por el campo hacia el artefacto. La punta del arma vacila mientras avanzas. Das en el blanco algo a la izquierda del centro.

¡Plaf! El artefacto gira y el saco de arena que pende del otro extremo te golpea la cabeza por detrás. Caes al suelo, abierto de brazos y piernas.

Todo el mundo se ríe.

Te levantas y te ríes con los demás.

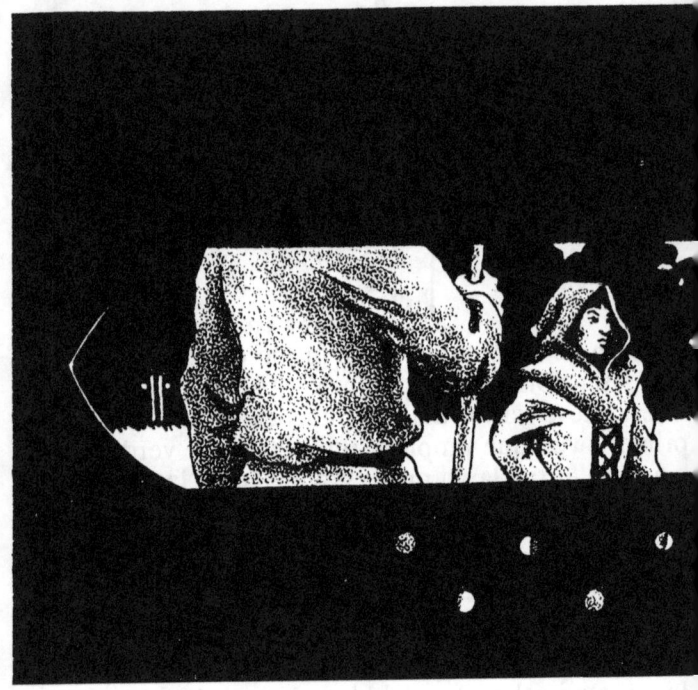

—¡Dejadme probar otra vez! —propones.

—Ése es el espíritu que se ha de tener —dice Nigel—. ¡Un caballero valiente jamás se rinde!

Realizas un intento tras otro. Te duele la cabeza por habértela golpeado tan a menudo el saco de arena, pero vas mejorando tu puntería.

—Ahora probemos con la armadura —propone Nigel—. Tienes mi estatura, de modo que mi arnés te vendrá bien.

¡Se te presenta la ocasión de saber qué se siente al llevar una armadura! Introduces las piernas en las piezas correspondientes y te pones la coraza pasándotela por la cabeza. Luego, los brazos, y finalmente, el yelmo.

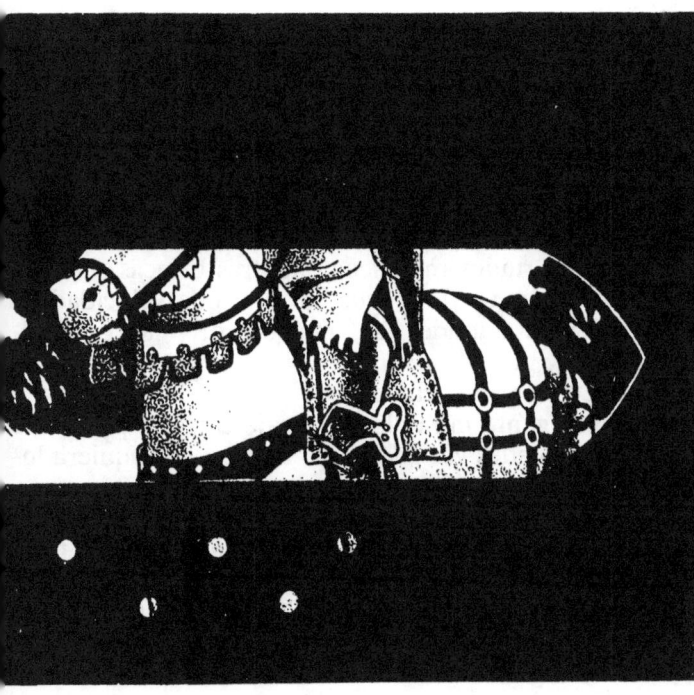

Atisbas el mundo exterior a través de la estrecha mirilla del casco. Das unos pasos, y te ríes del sonido metálico que produces.

—Intenta montar a caballo —sugiere Nigel, que te trae una yegua gris y blanca—. Ésta es Rosalinde. No temas, es un animal manso. Siempre termina por volver sola al establo.

Resulta penoso subir a un caballo cuando se lleva un pesado arnés. Un escudero te da un empujón... ¡y casi te caes por el otro lado! El yelmo da la vuelta y no puedes ver nada. Tratas de girarlo de nuevo, pero no quiere moverse.

—¿Va mal algo? —pregunta Nigel desde abajo.

—¡El casco se ha trabado!

—¡Eh! —grita alguien—. ¡Randall! ¿Qué estás haciendo?

De repente, la yegua da un relincho y se lanza al galope. ¡Randall debe de haberla asustado de algún modo!

Te sujetas con fuerza al cuello del animal. El arnés emite mil ruidos metálicos mientras brincas sobre la silla de montar. ¡La yegua corre a toda velocidad!

—¡Vigila adónde vas, mastuerzo! —te grita alguien.

—¡Lo siento! —chillas.

Habrá gente mirando tu salvaje carrera, piensas... pero no puedes ver adónde te diriges. ¡Ni siquiera logras ver!

—¡Rosalinde! —vociferas—. ¡Párate!

El animal continúa galopando. Quizá deberías franquear la barrera del tiempo. Podrías seguir aquí, pero anticiparte algunos minutos. Una vez hayas desaparecido del interior de la armadura, puedes coger el caballo y regresar con los demás.

Adelántate cinco minutos.
Pasa a la página 32.

Continúa montado en la yegua.
Pasa a la página 66.

ALISON tira de ti en el preciso momento en que un caballo atraviesa la multitud. El animal arrastra una carreta conducida por un hombre risueño y borracho.

—¡Ojalá te pudras en el infierno, carretero! —chilla Alison—. Ahora —dice dulcemente—, cuando veas al rey, debes ser tan refinado como un cortesano. Sólo has de hablarle cuando él te dirija la palabra, ¿entendido?

—Muy bien —respondes.

Entráis en una iglesia llena de gente que baila. Al pie del altar hay un gran trono de madera.

—Vuestra Majestad —dice la pescadera—, un súbdito leal desea formularos una pregunta.

Un hombre casi desdentado y con un solo ojo sonríe sarcásticamente sentado en el trono. Lleva la corona ladeada y tiene hipo.

—¡Hip! Ponte en pie, mi leal súbdito —te dice, y tras tomar un gran trago de vino, grita—: ¡Fuera sus cabezas! ¡Fuera sus zapatos!

Eduardo III es alto y rubio, como el príncipe. Entonces, ¿quién es ese tiparraco?

—¿Qué clase de rey sois vos? —inquieres.

—¿Yo? ¡Hip! Soy el señor del Desorden. El rey (hip) de los Necios. Mi reino sólo es una vez al año, en las navidades.

58

Oyes una risa estridente detrás de ti. Alison se ríe tanto que se le saltan las lágrimas.

—Querías ver al rey, ¿no es así? ¡Ja, ja! Pues bien, ¡aquí está! El querido rey Eduardo aún está guerreando en Francia, de modo que tendrás que contentarte con el rey de los Necios. ¡Jo, jo, jo!

Bueno, piensas mientras te escabulles del lugar, ¡así que el rey Eduardo ni siquiera está en el país! Se halla en Francia. Y sir Walter de Manny, el caballero más famoso que ya has conocido, se marchó a Bretaña, la cual también se encuentra en Francia. Si todos los caballeros se van allí, ¿por qué no te marchas a Francia tú también?

Retrocede unos meses para hallar a Eduardo en la batalla de Crécy. Pasa a la página 74.

Remóntate un poco más atrás para encontrar a sir Walter de Manny en Bretaña. Pasa a la página 82.

TE hallas en Windsor, a finales del año 1346. El suelo está cubierto de una fina capa de nieve, y el aire trae música y bullicio. La gente baila por las calles, dando vueltas y más vueltas, con muérdago y pañuelos en las manos.

Una mujer gruesa y roja de cara te dice:

—Nunca te he visto antes, ricura. ¿A qué has venido aquí?

—Busco al rey —contestas.

—¡Al rey! —profiere con sarcasmo la mujerona, que tiene cariados los dientes centrales—. Pues... ¡hoy es tu día de suerte! Soy Alison, la pescadera. Ocurre que conozco muy bien al rey, ¡de verdad! ¡Ven conmigo, amor, ven! ¡Te presentaré a él!

¿Puede conocer verdaderamente al rey esta mujer? Sería una suerte, si fuera cierto. Únicamente el rey o el príncipe pueden armarte caballero, y si alguien sabe lo que significa la divisa de la jarretera, ése es el rey Eduardo.

¿Con qué clase de rey te saldrá esa mujer? Sientes curiosidad y le permites que te coja para llevarte a él.

Pasa a la página 57.

TE encuentras entre las grandes tiendas del campo próximo al castillo de Windsor, en que se celebra el torneo, el 30 de abril de 1344: dos días después de que estuvieras aquí por vez primera.

—¡Oye, tú! —te grita alguien.

Es sir Cuthbert, el caballero a quien conociste con ocasión de tu primera llegada. Está de pie, ante la puerta de una de las tiendas, y viste las ropas forradas que usan los caballeros debajo del arnés.

—¿Has visto al haragán de mi escudero? —pregunta—. Si no me pongo en seguida la armadura, ¡llegaré tarde a la justa! ¿Sabes algo de armaduras?

—Desde luego —dices—. Lo sé todo acerca de ellas.

Al final te resultará útil la semana que pasaste en el obrador del herrero. Ayudas a sir Cuthbert a meterse en el arnés y os marcháis juntos a buscar a su caballo. Hete aquí ocupando el sitio de un escudero: ¡ya estás en camino de convertirte en caballero!

—Observa a aquel caballero de allí, el de la cruz azul en el escudo —te dice sir Cuthbert mientras lo ayudas a montar a caballo—. Es un caballero francés, llamado sir Guy. Me derribó del caballo la última vez que nos enfrentamos. ¡Y juro por mi espada que no me cortaré el pelo ni me bañaré hasta que lo venza! Bien, dame la lanza.

Ésta, de gran longitud, es tan pesada que apenas puedes con ella. Sir Cuthbert la sostiene en su brazo y se reúne con los demás caballeros.

La reina hace la señal para que empiece la lucha, y

la multitud da vivas. Sir Cuthbert se precipita al galope, apuntando con la lanza al escudo del caballero francés.

¡Craac! La lanza del inglés da de frente contra el escudo, ¡pero se parte en dos! Sir Guy es empujado fuera de la silla, pero continúa encima de su corcel.

Los contendientes dan media vuelta para atacarse de nuevo. Esta vez, el caballero francés golpea con su espada a sir Cuthbert en el yelmo, y el inglés cae del caballo describiendo un giro.

Corres a meterte en pleno combate para ayudar a sir Cuthbert a incorporarse.

—¡Estoy bien! —grita—. ¡Saca al caballo del campo!

Tomas el animal por las riendas y te lo llevas a un extremo.

Sir Cuthbert y sir Guy luchan pie a tierra. El segundo divide en dos el escudo de su rival y sostiene la espada contra el cuello de éste.

—¡Rendíos! —grita el francés.

Sir Cuthbert vocifera y lucha, pero el encuentro ha terminado.

—Me rindo —dice por fin.

Vuelves a correr por el campo para asistir a tu caballero, que está tendido en el suelo. Cuando se quita el casco, adviertes que le chorrea sangre por la cara.

—Mala estrella —comentas—. Pero, en fin de cuentas, sólo es un juego. Tendréis más suerte la próxima vez.

—¡La próxima vez! —estalla, mientras te mira echando fuego por los ojos—. Éste es el segundo buen caballo y buen arnés que ese francés me ha ganado.

Eso de los torneos es más serio de lo que creías. Además del peligro de ser herido, los caballeros que pierden tienen que dar al vencedor su corcel y su armadura.

Oyes pasos fuera de la puerta de la tienda. Randall, el escudero de sir Cuthbert, entra.

—¡Tú! —grita el caballero, al tiempo que golpea al recién llegado con el guantelete—. ¿Dónde estabas?

Randall tiembla, pero entonces te ve.

—¡Ha sido por culpa de este hechicero! Me embrujó, de modo que olvidara la hora que era. Y vos también fuisteis embrujado. ¡Por esto perdisteis!

Sir Cuthbert te mira.

—Hace dos días —prosigue el escudero—, reté a este brujo a duelo con garrotes. ¡Pero el muy brujo desapareció!

El caballero mira escépticamente a Randall.

—Ya me has contado ese cuento antes, escudero. Estoy harto de él. Existe una manera de saber si tienes razón o no. ¡La prueba por duelo!

Randall sonríe y dice:

—Tengo los garrotes preparados. ¡Apostaría a que ese brujo no sabe cómo utilizarlos!

—No tan de prisa —interviene sir Cuthbert, agarrando al muchacho por el brazo—. Debe permitirse al sospechoso que escoja. ¿Te enfrentarás con mi escudero con garrotes, o hemos de someterte a las autoridades para la prueba del agua?

Decides luchar con Randall.
Pasa a la página 38.

Aceptas el juicio del agua.
Pasa a la página 42.

STÁS empapado. Vadeas un río poco profundo de algún lugar de la Inglaterra del año 490. El agua está teñida de rojo: ¿será sangre?

Algo que flota en el río choca contra ti por detrás. Es un cadáver, ¡con un venablo que lo atraviesa de parte a parte!

Un grupo de hombres a caballo cruzan la corriente por tu derecha. Intentas huir.

—¡Quieto! —te grita un soldado, y te apunta al pecho con una lanza—. ¿Eres anglo, sajón o britano?

—Nada de todo eso —dices—. Soy un... trotamundos.

—¿Un bardo errante? —el hombre se rasca la cabeza—. No podrías ser otra cosa. Ven conmigo. El general Artorius querrá un poco de diversión esta noche, para celebrar la victoria británica contra los sajones. Actuarás para él. ¡Por ahí!

Visitas a Artorius.
Pasa a la página 78.

Te agarras con fuerza al cuello de la yegua mientras galopa desbocada. Nigel te ha dicho que Rosalinde siempre regresa al establo. ¡Esperas que esté en lo cierto!

El yelmo sigue trabado. ¡Es espantoso galopar tan de prisa cuando no se ve nada! No obstante, el animal no tarda en disminuir la velocidad.

Oyes voces.

—Buen caballo, Rosalinde —dice alguien; ¡esa voz es de Nigel!—. Y bien, ¿disfrutaste del paseo?

—Habría disfrutado más —manifiestas—, ¡si hubiera podido ver algo!

El escudero se ríe y te ayuda a desmontar. Emplea grasa de oso para desencallar el casco.

—Ya has aprendido bastante por hoy —dice Nigel—. Quítate en seguida el arnés. Lady Joan de Kent nos ha invitado a una cacería, y sir Walter de Manny estará allí.

Lady Joan es la joven que conociste en Windsor la primera vez que llegaste, en 1344. Pero, ¿quién es sir Walter de Manny?

—Sir Walter debe ser un caballero valeroso —apuntas, con toda intención, esperando saber más de él por la respuesta.

—¿Valeroso? —contesta Nigel con una risotada—. Es el más valiente, el más cumplido caballero de Inglaterra. Muchas veces ha capturado una ciudad entera con sólo la ayuda de algunos caballeros.

¡Así que vas a conocer a un caballero famoso! Cuanto más te acerques a los guerreros más bravos, piensas, más ocasiones tendrás de convertirte en uno de ellos.

—Si me arman caballero —afirma tu interlocutor con determinación—, seré como sir Walter.

—Eres un escudero —le contestas, al tiempo que sacas una pierna de la armadura—. De modo que algún día serás un caballero, ¿verdad?

—No necesariamente. Hay quienes se quedan de escuderos toda la vida. Deberé hacerlo muy bien como escudero, o demostrar mi valentía en el campo de batalla. ¡Ya llevo tres años como escudero!

¡Tres años! ¿Tanto tiempo te costará convertirte en caballero?

Vas de caza con un caballero célebre.
Pasa a la página 70.

LA gente de la casa se mueve con impaciencia.

—¡Canta, bardo! —te ordena Artorius—. ¡Entona la historia de un gran rey! ¡Ahora mismo!

Afortunadamente, se te ocurre una idea para la canción. Podrías cantar algo sobre el propio rey Arturo, introducir la divisa de la jarretera en ella y ver qué dice Artorius como respuesta.

Arturo, de los reyes la prez,
sentó a sus guerreros en redondez.
Dijo que mientras éstos pudieran
los caballeros de la Tabla Redonda fueran.

Artorius echa un gran trago de su pichel y se limpia con la mano la espuma que le ha quedado en la barba.

—Una mesa redonda, ¿eh? —comenta—. Me parece una idea descabellada. Habría copas cuadradas en ella, supongo...

—¡Jo, jo! —se ríen sus hombres.

¿Cuál era el nombre del mejor caballero del rey Arturo? ¿Lancelot?

El caballero más afortunado era Lancelot...

Buscas desesperadamente una rima para Lancelot.

Se ejercitaba, rondaba y se comportaba como Lot.

—¡Uf! —gruñe Artorius—. ¡Este bardo canta los peores versos que he oído en mi vida!

Será mejor que metas pronto la divisa, piensas, ¡se te están acabando las rimas!

*El rey Arturo tomó un trago, miró su sello real
Y dijo: «¡Mal haya quién piense mal!»*

Artorius, sorprendido, exclama:

—¿Mal de qué? ¿Quién haga qué? ¿Hay alguien aquí que sepa de qué está hablando este bardo?

Mira a su alrededor, a sus amigos, quienes niegan con la cabeza.

—Con todo, ¿quién era ese rey? —te pregunta—. ¿Dónde vivía?

¡Caramba! Si éste es el verdadero Arturo, no se parece mucho al de las historias acerca de él. ¡Ni siquiera reconoce unas estrofas dedicadas a su persona!

Tampoco reconoce el lema de la jarretera.

—Arturo fue rey de Inglaterra —le contestas.

Artorius se pone en pie de un salto.

—¡Anglo-tierra! Este poeta cuenta historias acerca de los reyes de nuestros enemigos, ¡los anglos! ¡Qué desfachatez!

—¡Que se largue ese mentecato! —gritan los soldados.

Te tiran huesos. Una cabeza de pescado te da en medio de la frente. Sueltas el laúd y corres hacia la puerta.

Un enjambre de chiquillos se ríen de ti y te persiguen hasta el bosque. En cuanto te han perdido de vista, resuelves tomar la delantera al tiempo. Si Arturo no sabe lo que quiere decir la divisa, ya no tienes nada que hacer aquí. Es mejor que regreses a la época del rey Eduardo.

**Avanzas ochocientos cincuenta años.
Pasa a la página 61.**

Avanzas por un campo de alta vegetación, y sostienes media docena de perros de caza por sus correas. Lady Joan va a caballo. Lleva un recio y áspero guante de cuero que le llega al codo.

Posado en el guante de cuero hay un gran pájaro, de topos negros y grises. Parece algún tipo de halcón.

—¿Por qué lo lleváis con la cabeza cubierta? —preguntas a la dama.

Ésta sonríe y contesta:

—Es un halcón amaestrado. Permanecerá encapuchado hasta que hallemos algo que pueda cazar.

Observas a sir Walter de Manny.

—Ésta será nuestra última cacería juntos durante una temporada —le confiesa a lady Joan—. El rey me manda a Francia. El aliado del rey, la noble condesa de Bretaña, está siendo atacada por el ejército francés. Debo ir en su ayuda.

—Sois un caballero cabal y valiente —le lisonjea la joven—. Cuando oís que hay una dama en apuros, partís raudo a socorrerla, como manda el código de caballería.

De improviso, los perros tiran de las correas con que los sujetas.

—Los perros huelen algo —afirma sir Walter—. ¡Suéltalos!

Salen dando saltos, ladrando y gruñiendo. Lady Joan saca la caperuza de la cabeza del halcón.

—Quieto, bonito mío —le dice, y acaricia suavemente las plumas del ave.

—Me pregunto —dice el caballero, con una sonrisa—, qué mejilla de hombre afortunado acariciará la bella lady Joan con tanta suavidad como la que usa para acariciar a su halcón.

La dama se ruboriza.

—Estoy enamorada de un caballero, mas no puedo decir su nombre. En otros tiempos, cuando Lancelot se unió a la Tabla Redonda del rey Arturo, él y la reina Ginebra se enamoraron. Ellos también mantuvieron su amor en secreto.

—¡Mirad allí! —grita Nigel.

Los perros están cazando unos pájaros de largos cuellos y patas en una laguna.

—¡Garzas! —exclama Joan, y acaricia al halcón de una manera especial, dirige su curvado pico hacia las garzas y lanza el animal al aire—. ¡Ve! —ordena al ave—. ¡Ve! ¡Ve!

En el aire, ésta se arroja sobre una de las garzas y la atrapa con sus garras. Se produce un revuelo de plumas blancas mientras el halcón lleva su presa hasta el suelo.

—Ayúdame a coger a la garza —te grita Nigel—. Cuidado con su pico. ¡Está tan afilado como una daga!

Tomas el pájaro por las patas, en tanto Nigel lo sostiene por el pico. Sangra un poco por donde el halcón lo agarró, pero aparte eso parece estar bien.

Lleváis el ave capturada —que aún lucha— a sir Walter. Éste le arranca el largo penacho de bellas plumas que tiene detrás de la cabeza y las agita en el aire.

—Nuestro primer pájaro será un animal de trofeo

—dice sir Walter—. Para llamar a la suerte, lo dejaremos marchar.

La garza emprende el vuelo. Durante varias horas os dedicáis al mismo ejercicio una y otra vez.

¡De este modo tardarás mucho tiempo en convertirte en caballero! Quizá deberías pasar a otra época. Parece que Froissart se equivocó cuando te dijo que el rey Eduardo fundó la Orden de la Jarretera aquí, en 1344.

Eduardo se limitó a hablar de crear una nueva Tabla Redonda, como la que el rey Arturo había fundado. Escuchaste sus palabras.

Podrías tratar de avanzar un par de años, para ver si el monarca ya ha dado principio a la Orden de la Jarretera. O, si ésta comenzó con los planes del rey para una nueva Tabla Redonda, tal vez la divisa tiene algo que ver con la vieja Tabla Redonda. Por el contrario, podrías retroceder y preguntárselo al propio rey Arturo.

**Retrocede mil años
para buscar al rey Arturo.
Pasa a la página 80.**

**Adelántate dos años, hasta 1346.
Pasa a la página 60.**

EL 26 de agosto de 1346, te hallas en la parte baja de un cerro cubierto de hierba, próximo a la ciudad francesa de Crécy. Un ejército de caballeros, arqueros y soldados de infantería aguarda en la cima del cerro, mientras otro ejército se acerca atravesando el campo.

Unos grandes estandartes se agitan al viento. Las insignias de las fuerzas que avanzan son azules, con dibujos de flores amarillas. Los estandartes de la cúspide de la colina están divididos en cuatro cuadrados. En dos de éstos hay dibujada la misma flor; los otros son encarnados y con lo que parecen leopardos de oro.

Uno de esos ejércitos tiene que ser el de Eduardo y los ingleses, y el otro, el francés. ¿A cuál te unirás?

**A las fuerzas de la cima del cerro.
Pasa a la página 94.**

**A las que cruzan el campo.
Pasa a la página 87.**

CERCA de un río, próximo a una villa de casas con los techos cubiertos de bardas, donde te hallas, una muchedumbre viene hacia ti, tirando, con largas cuerdas, de algo puesto encima de una fila de troncos.

—¡Halad! —grita un guardián, dando latigazos en las espaldas de la gente que tira de las cuerdas.

Avanzas un poco para ver qué arrastran. ¡Es un barco! Un largo barco de madera, puntiagudo por ambos extremos.

—¡Tú! —te espeta un hombre que lleva una lanza—. ¡Tú no eres sajón! —Te empuja con rudeza hasta la nave y te obliga a que tires de ella como los demás. Te da un violento latigazo en la espalda—: ¡Halad!

Cerca de ti hay un hombre con un tatuaje en la mejilla.

—¿Qué ocurre? —le preguntas.

—Los sajones entierran a uno de sus reyes —dice entre dientes mientras hala—. Han puesto todas sus armas, joyas y polvos mágicos en este barco con su cuerpo. Nos han obligado a cavar una gran fosa, y ahora tiramos del navío entero hacia ella para enterrarlo.

—¡Basta de hablar y tira, galés! —grita el guardián.

Calláis y haláis.

—¿Sois galés? —preguntas al hombre cuando el soldado se va.

—¡Soy britano! —responde—. ¡Y estoy orgulloso de ello! «Galés» es a lo que los sajones llaman «extranjero». Durante cincuenta años los anglosajones nos han gobernado, pero algún día Arturo vendrá... ¡para acaudillar otra vez a los britanos!

¡Ay! El látigo del guardián restalla de nuevo en tu espalda. Chico, ¡eso es un tormento!

¡Y ya tienes bastante! Te precipitas contra el soldado. Lo pillas por sorpresa y lo derribas de un puñetazo. Continúas corriendo, ahora en dirección al bosque, donde no te verán cómo franqueas la barrera del tiempo.

Buscabas a Arturo, para preguntarle acerca de la divisa del rey Eduardo. Y el hombre del tatuaje esperaba que Arturo vendría otra vez... ¡Claro! Si Arturo vivió a finales del siglo quinto, esto significa en los últimos años de la centuria del cuatrocientos y en los primeros de la del quinientos. Y los años del quinientos pertenecen al siglo sexto.

**Retrocedes hasta el año 490.
Pasa a la página 65.**

ESTÁS sentado en un taburete en una gran casa rústica de una sola habitación. Artorius, el caudillo del ejército britano, también se halla sentado, y bromea y bebe con sus amigos mientras un bardo entona un poema. No sabes nada de poesía, pero el siguiente en cantar… ¡eres tú!

Sospechas que Artorius pueda ser el propio rey Arturo. Los dos nombres son similares. Arturo fue britano y famoso por ganar batallas contra los invasores anglosajones. Si Artorius y Arturo son la misma per-

sona, quizá pueda decirte qué significa el lema: «Mal haya el que mal piense».

Escuchas al bardo cómo canta una historia sobre un antiguo rey llamado Geraint. De vez en cuando araña más que tañe un par de cuerdas de un extraño laúd.

Los hombres, todos de mucho renombre, a Catraeth
[fueron
una rica aguamiel, con copas de oro virilmente bebieron
durante un año y un día bebieron hasta la saciedad
y luego, lanzados a la guerra, atacaron sin piedad.
Mas de todos aquellos que lucharon en tan largo
[combate
para cantar esta canción, sólo yo pude escapar del
[embate.
¡Ay de mí!

—Buena suerte, sea lo que fuere lo que cantes —te murmura al pasarte el laúd—. Están borrachos y se ríen de cualquier cosa. Ofréceles una canción acerca de un gran rey.

Rascas las cuerdas del instrumento. Todos acaban por guardar silencio para escucharte.

En realidad, no tienes que entonar bien, sólo cantar y expresar. Pero, ¿con qué letra? ¿Qué diablos podrías cantar que pudiera ayudarte en tu misión?

Si quieres cantar acerca de un rey, pasa a la página 68.

Si no, avanza ochocientos cincuenta años y vuelve a la época de Eduardo. Pasa a la página 61.

Te hallas en un patio pequeño, con columnas de mármol blanco. ¡Has retrocedido nada menos que mil años! Corre el año 340.

Oyes voces. Dos hombres se dirigen hacia ti, vestidos con togas.

¡Togas! ¿Dónde estás? ¡Esto no parece Inglaterra en absoluto! Corres hasta un portal para esconderte.

¡Has saltado a una piscina de agua humeante!

—¡Tú! ¡Sal de ahí, ahora mismo!

Un hombre te pincha con una lanza a través del portal. Lleva un casco extraño y curvado.

—¡Este baño está reservado a los legionarios romanos! —vocifera—. ¡Prohibido a los britanos!

Eso lo explica todo. Has retrocedido demasiado, hasta la época en que Inglaterra era una colonia del imperio romano. Nadas a una esquina de la piscina, donde el soldado no pueda verte.

Descansas un poco en la caliente agua mineral y te preparas para salvar la diferencia de tiempo. Buscas al rey Arturo, para ver si la divisa de la jarretera empezó con él, pero para encontrarlo deberás situarte en una época no tan remota.

Avanzas hasta el año 490.
Pasa a la página 65.

Avanzas hasta el año 590.
Pasa a la página 75.

APARECES en las afueras de la ciudad de Hennebonne, en la costa de Bretaña, al norte de Francia. La población está construida como un castillo, con altos muros que la rodean.

Mientras caminas hacia Hennebonne oyes un sonido silbante. ¡Una flecha se clava en el suelo ante ti! Un guardián te la ha disparado desde las murallas, como aviso.

—¿De dónde vienes? —te grita—. ¿Qué deseas?

—Vengo... de Inglaterra —le contestas.

—¡Inglaterra! —el soldado se vuelve para comunicarlo a otro—. Ha llegado un mensajero de nuestros aliados ingleses. ¡Abrid las puertas!

La enorme puerta de hierro se abre ruidosamente hacia arriba y te cuelas por ella. Luego se cierra con estrépito y los guardianes corren un pasador del tamaño de un tronco de árbol.

—Por aquí —indica el soldado—. La condesa Jannedik quiere verte. ¡Apresúrate! El ejército francés está a punto de atacarnos de nuevo.

Debe de conducirte en presencia de la condesa de Bretaña, concluyes. Se trata del personaje a quien sir Walter de Manny venía a ayudar. Te preguntas si éste ya ha llegado.

Ves a hombres y mujeres que corren por las calles, por las murallas, por todas partes. Y distingues a una mujer que usa armadura de batalla completa y montada en un gran caballo de guerra, dirige los preparativos para resistir el asedio.

—¡Mujeres de Bretaña! —arenga—. ¡Todos tenemos que prepararnos para la batalla!

El guardián tira de ti hasta acercarte al corcel de la condesa.

—Aquí está un mensajero de Inglaterra, mi señora —dice el rudo soldado.

—Bien —te pregunta ella—, ¿qué nuevas hay de nuestros aliados ingleses? ¿Nos envía ayuda el rey Eduardo?

—En realidad, no soy un mensajero —contestas—, pero sé que sir Walter de Manny viene en vuestro socorro.

La condesa Jannedik salta del caballo. Te toma de las manos:

—¡Sir Walter! —exclama, y sonríe—. Alabado sea el Señor. Ven.

La sigues por un empinado tramo de escaleras de piedra. Te lleva a la torrecilla más alta del castillo. Allí, la mujer mira al horizonte.

—Hemos resistido a los atacantes durante semanas, pero tarde o temprano sus catapultas hundirán las murallas. ¡Fíjate! ¡Ahí vienen otra vez!

Distingues un ejército que se aproxima por el este.

—Necesitamos toda la ayuda que podamos —manifiesta la condesa—. Por favor, quédate y ayúdanos a defendernos.

Se vuelve hacia los soldados y les ordena:

—¡Arqueros! ¡Disparad a los de las catapultas! —y se marcha para dirigir la batalla.

El ejército se detiene y se alinea para el ataque. Oyes un toque de trompeta. Al punto, el ejército se lanza adelante, profiriendo un terrible grito de guerra. La infantería se acerca corriendo a los muros, con largas escaleras de madera.

Los atacantes rugen de dolor cuando las mujeres de las murallas vierten alquitrán hirviente sobre ellos. Caen de las escaleras y yacen gimiendo en el suelo.

86

Las flechas cruzan silbando el aire. Una mujer chilla, alcanzada por una saeta. Se desploma del muro. ¡Este modo de hacer la guerra resulta espeluznante!

Los asaltantes toman una de las grandes piedras y la colocan en el extremo del largo brazo de una catapulta gigante. Bajan aquél con cuerdas.

Un caballero corta la cuerda y el brazo salta hacia delante, enviando la roca por los aires hacia las murallas.

¡Que te viene encima! Das un salto escaleras abajo. El pedrusco pasa zumbando y entra arrollador por una ventana del edificio que hay detrás de ti.

Los defensores de Hennebonne tienen una ardua tarea ante ellos. ¿Deberías quedarte y ayudar a la condesa de Bretaña? Hallarías más caballeros si te fueras, anticipándote al tiempo, a la batalla de Crécy.

Te quedas y ayudas a la condesa.
Pasa a la página 93.

Te sitúas en el Crécy de 1346.
Pasa a la página 87.

Andas por un campo cercano a Crécy, hacia un ejército que se aproxima.

—¡Tú, campesino! —te espeta un caballero montado a caballo—. Todo el mundo debe ayudar a la defensa de Francia. Quedas reclutado. Ayuda a esos arqueros a llevar las flechas.

¡Acabas de incorporarte al ejército francés! Ondean insignias azules con flores de lis doradas: el símbolo de los reyes de Francia. ¿Cómo conseguirás hablar con el rey inglés, Eduardo, si militas en el ejército enemigo? Sólo Eduardo sabe lo que quiere decir el lema de la jarretera.

Bueno, por ahora no tienes más remedio que olvidarte del asunto. Cargas con un montón de flechas de los ballesteros. Éstos son mercenarios, y usan una especie de arco mecánico, pesado y complicado, que se ha de montar para poder disparar.

—Esto es una insensatez —refunfuña uno de los arqueros—. Llevamos marchando dieciocho millas, las cuerdas de los arcos se mojan, todo el ejército está completamente desorganizado y ya estamos a media tarde. ¿Quieren que tiremos flechas en la oscuridad? ¿Por qué no paramos y luchamos mañana?

—¡Son necios esos caballeros franceses! —dice otro—. Piensan que los ingleses serán fáciles de vencer. No pueden esperar, la gloria les apremia.

Te das cuenta de que tienen razón. El ejército francés está desorganizado. Se halla desparramado en una línea de varias millas, en tanto que las fuerzas inglesas están concentradas y aguardan en la cúspide del montículo.

A pesar de todo, los caballeros franceses que marchan detrás de vosotros se hallan confiados:

—Mirad a esos ingleses —dice uno de ellos con sarcasmo—, de pie en la colina. ¿Dónde tienen los caballos? ¿Qué caballero escogería luchar pie a tierra?

—¡Arqueros! —ordena un caballero montado en su corcel—. Vosotros sois los primeros. Girad a la izquierda cuando lleguéis al fondo. Entonces nosotros, los caballeros, subiremos al cerro a la carga y enseñaremos a esos cobardes ingleses cómo se lucha.

Los arqueros preparan sus ballestas:

—¡Estamos alineados! —grita su jefe.

Los soldados disparan una carga de flechas. Luego llevan hacia atrás los tiradores de las armas, hacen palanca con los pies para tirar de los arcos y ponen nuevas flechas en ellos.

De pronto, el aire se llena de saetas que... ¡vienen del otro lado! Caen zumbando en el suelo, alrededor de ti.

—¡Aaggh! —un ballestero próximo a ti suelta su arma y grita: una flecha le atraviesa el cuello.

Coges su escudo y te ocultas tras él.

—¡Las flechas inglesas caen como la lluvia! —grita otro arquero—. ¡No cesan!

El largo arco inglés debe de ser cinco veces más rápido que la ballesta. El escudo detrás del cual te agazapas empieza a parecer un acerico.

—Esto es demasiado —estalla el jefe de los arqueros—. ¡Pero no hay adonde correr! A vuestra espalda tenéis una línea de caballeros montados.

—¡Cobardes! —increpan a los soldados—. Quisierais huir, ¿verdad? ¡Arrollemos a estos truhanes!

¡Esto es horrible! Los caballeros pisotean, con sus caballos, a los asustados ballesteros, olvidando que forman parte de su propio ejército. ¡Hasta llegan a darles con las espadas! Matan a sus hombres para así poder atacar a los ingleses de la colina.

—¡Fuera de mi camino! —te grita un caballero—. ¡Dejad pasar a los verdaderos luchadores! —levanta su acero y tú te agachas.

La espada nunca cae sobre ti. Levantas los ojos. Una saeta inglesa ha atravesado el yelmo del guerrero francés, el cual se desploma aparatosamente del caballo.

¡Es hora de salir de aquí! Cambia de época. ¿A cuál ir? ¡A la más lejana posible! ¿Hay alguien más que pueda explicar la divisa, además de Eduardo?

¡Olvídate de encontrar al rey Eduardo! En vez de eso, decides emprender la búsqueda del rey Arturo...

**Retrocede mil años.
Pasa a la página 80.**

DETERMINAS ayudar a la condesa Jannedik a defender la ciudad. Una de las reglas de caballería llama a los caballeros en auxilio de las mujeres en aprietos. La condesa no es una damisela indefensa: ¡es también un guerrero fiero! Sin embargo, si deseas convertirte en caballero, tienes que ser valiente. Más tarde, tal vez, pueda avanzar dos años hasta la batalla de Crécy.

El ejército sitiador se cansa de intentar subir a las murallas. Retira la catapulta del alcance de los arqueros.

—¡Buen trabajo, mis bretones! —grita la condesa Jannedik desde el muro—. Los hemos rechazado una vez más. Pero volverán —la mujer se gira hacia ti—. ¿Cuándo llegará la ayuda de Inglaterra?

—¡Mi señora! —vocifera un soldado—. ¡Mirad el mar!

Todos se precipitan a las almenas. Observas una vela blanca sobre el cielo azul, luego otra. ¡Sir Walter de Manny ha arribado!

—Preparad un banquete —manda la condesa—, ¡a fin de celebrar la llegada de nuestros valerosos aliados!

Recibís a sir Walter.
Pasa a la página 98.

ASCIENDES por el montículo, en Crécy. Los estandartes de la cima muestran tres leopardos bordados. Deben de ser los leopardos de los reyes de Inglaterra. El rey Eduardo fundó la Orden de la Jarretera, de modo que éste es el ejército al que tienes que unirte.

Cuando llegas a la cúspide de la colina, empero, las fuerzas inglesas se han ido. Lo único que ves es una larga hilera de cascos puestos en el suelo. Qué extraño. ¿Por qué los caballeros han dejado aquí sus celadas, y dónde se han marchado? Miras en derredor.

Distingues a los caballeros detrás de un molino de viento, con los carromatos de las provisiones. Los guerreros se han ido a comer mientras esperan la llegada de los franceses, y dejan sus cascos para indicar el lugar de cada cual en el orden de batalla. ¡Ciertamente, este ejército está bien organizado!

Andas a lo largo de la fila de yelmos. Pronto éstos dan paso a los arcos y las flechas. Aquí es donde lucharán los arqueros.

A pocos pasos por delante de ti, dos hombres con uniformes verdes llevan trabajosamente lo que parece un cañón primitivo.

—Muchacho, échanos una mano, ¿quieres? —te pide uno de ellos.

Su rostro te es familiar... ¡claro! Es Tom, el labrador que conociste en Winchester, en 1357. Te contó que había sido un arquero del rey en Crécy. ¿Qué está haciendo con un cañón?

—Naturalmente, Tom —dices, y comienzas a empujar.

Te mira sorprendido:

—¿Cómo sabes mi nombre? —se asombra.

No te reconoce, claro está. ¡Pasarán once años antes de que te conozca en Winchester!

—Hombre, porque todo el mundo te conoce —respondes—. Eres Tom, el del cañón.

El labrador sonríe satisfecho:

—¿Así que los cañoneros somos bien conocidos, eh? ¡Aguarda a la batalla! El mismísimo rey Eduardo vendrá a darnos las gracias, no lo dudo, por usar este nuevo cacharro.

Eso te da una idea. Si te quedas con Tom y sus amigos, puede que seas recompensado por el rey Eduardo cuando esta nueva arma, el cañón, sorprenda a los franceses y gane la batalla. Lo cual te daría una oportunidad de preguntar al rey cosas de la Orden de la Jarretera.

Suena una trompeta.

—Es la señal —grita Tom—. ¡Los franceses suben por el bosque!

Caballeros y arqueros vienen corriendo a sus puestos. ¿Deberías seguir con Tom o irte allí donde los caballeros se alinean para luchar?

Ayudas a Tom.
Pasa a la página 113.

Vas con los caballeros.
Pasa a la página 107.

UMBADO en la parte posterior de una carreta de madera, oyes a lo lejos las trompetas y el griterío de la batalla de Crécy. El cañón ha desaparecido, mas tu amigo Tom está a tu lado.

—Ahora debo retornar junto a mi arco —Tom te da unos golpecitos amistosos en el hombro—. Descansa tranquilo. En seguida vendrá el médico. Te sacará un poco de la sangre mala que tienes, de manera que pronto podrás luchar otra vez.

Debes salir de aquí. Quizá la batalla de Crécy aún sea el sitio adecuado para hallar a Eduardo y convertirte en caballero, pero fue un error que te unieras a los cañoneros en lugar de irte con los caballeros. Estás en Francia... El amigo de lady Joan, sir Walter de Manny, ¿no vino a Francia para ayudar a la condesa de Bretaña hace un par de años?

Retrocedes dos años para encontrarte con sir Walter.
Pasa a la página 82.

T E hallas sentado en una mesa servida para el ágape, con sir Walter y la condesa Jannedik. El caballero lleva un parche rojo en el ojo izquierdo.

—Mi buen sir Walter —dice la condesa—, ¿os habéis lastimado el ojo?

El guerrero le besa la mano:

—No, mi señora. He jurado solemnemente no quitarme nunca este parche hasta que haya realizado una gran hazaña.

La condesa de Bretaña sonríe:

—Muy pronto, no me cabe la menor duda, tendréis una oportunidad para eso. Pero primero, ¡que toquen los gaiteros!

Antes de que la música empiece, y con ello la ceremonia, una piedra gigantesca atraviesa el techo, se estrella aparatosamente contra el suelo, e inunda la estancia de polvo.

La condesa se pone en pie de un salto.

—Los franceses vuelven a enviarnos regalitos —dice con enfado—, con su odiosa catapulta.

—Me temo, *madame*, que esta maravillosa cena tendrá que esperar. ¡Entraremos en acción inmediatamente! —sir Walter se vuelve hacia sus hombres—. Necesitamos cincuenta voluntarios. ¿Quién viene conmigo?

—Yo cabalgaré a vuestro lado —exclama con decisión la condesa Jannedik.

—¡Nosotros, también! —añaden los caballeros de sir Walter.

La condesa te toma aparte.

—Saldremos a hurtadillas por la puerta trasera —te dice— y atacaremos la catapulta por detrás. ¡Menuda sorpresa se llevarán! Quiero que esperes en la puerta principal. Ábrela cuando te haga una señal con la espada. ¡Apresúrate!

Corres hacia la puerta indicada. Subes, sin pérdida de tiempo, hasta lo más alto de la torre para ver bien la señal de la condesa.

¡Boum! La puerta tiembla debajo de ti a causa de un enorme pedrusco que choca contra ella. Los atacantes se dirigen directamente hacia la entrada, con la esperanza de derribarla y, así, penetrar todo el ejército en la ciudad.

Otro proyectil arrollador da en la puerta. El hierro de ésta cruje y se tuerce, pero de momento se mantiene firme.

—¡Mirad allí! —dice a gritos un guardián.

A mucha distancia ves a sir Walter, la condesa Jannedik y los cincuenta voluntarios. Galopan velozmente con los arneses puestos. ¡Son tan pocos! ¿Qué esperan hacer?

Sir Walter se arranca el parche y espolea al caballo. Lanza un espantoso grito de guerra y cabalga directamente hacia el ejército.

Los caballeros franceses están tan asombrados por este súbito y loco ataque, que dan media vuelta y huyen.

La condesa y los cincuenta caballeros vuelan detrás de su jefe, y en unos pocos minutos destruyen la catapulta.

—¡Hurra! —vociferan los guardianes y los arqueros.

Sin embargo, los guerreros franceses pronto se reponen del susto. Cuando se percatan de cuán pocos hombres acompañan a la condesa, regresan.

La condesa Jannedik blande la espada para que la veas. ¡Es la señal!

—¡Abrid en seguida la puerta! —gritas a los guardianes.

Un caballo tira esforzadamente de la gruesa cuerda que la levanta.

Sir Walter y su compañera cabalgan tan de prisa como pueden hacia la ciudad, pues les persigue un millar de caballeros franceses.

La puerta se abre chirriando debajo de ti.

El pelotón a caballo se precipita dentro del recinto, recibido con vivas. Destruida ya la catapulta, será más fácil rechazar el ataque.

¡Maldición! ¡Se ha encallado, precisamente ahora, la cuerda que mantiene levantada la puerta! ¡La entrada queda completamente abierta a los caballeros enemigos!

—¡Atención! —te dice sir Walter a voz en grito—. Usa mi espada.

Te hallas lo bastante cerca de la cuerda para intentar cortarla a tiempo —el acero del inglés viene volteando por los aires hacia ti. ¡Debes tener cuidado de no cogerlo por la afilada hoja! Lo tomas por el pesado puño y andas a gatas, con sumo cuidado, para no caerte, por una estrecha margen de piedra. Te agachas y una flecha te pasa silbando por la oreja. ¡Menudo aviso! ¡La cuerda todavía, por desgracia, está lejos! Tienes que arrojarte adelante blandiendo la espada…

Cortas la gruesa cuerda y la pesada puerta de hierro

cae con ensordecedor estruendo, en el momento preciso en que los caballeros franceses iban a cruzarla alocadamente.

Pero has ido demasiado lejos con el arma y, sin que puedas evitarlo, pierdes el equilibrio. Te desplomas, con una rapidez nunca experimentada, por la muralla... ¡directamente sobre los jinetes enemigos!

Ahora es cuestión de vida o muerte para ti. ¡No lo pienses más! ¡Franquea la barrera del tiempo, de prisa!

Te anticipas dos años, hasta la batalla de Crécy. Pasa a la página 74.

ORRES desde la batalla hacia la fracción del ejército mantenida en reserva. Te preguntas si has elegido bien. Has olvidado entregar el mensaje del rey. Por otro lado, si forma parte de tu misión convertirte en caballero, ¿por qué huyes del peligro? Por encima de todo, ¡un caballero debe ser valiente!

Un puño metido en un guantelete te pellizca el hombro.

—¿Qué ocurre en el frente de batalla? —pregunta el caballero que te tiene cogido.

—Algunos caballeros franceses lo han atravesado, pero el príncipe no les da cuartel —contestas.

—¿Viste a un caballero francés con una cruz azul en el escudo?

—No —respondes.

Tratas de zafarte de ese caballero hediondo, mas te tiene bien agarrado.

—¿Has oído, acaso, mencionar a un caballero llamado sir Guy? —refunfuña, y le brillan los ojos feroces bajo su abundante cabellera—. Dos años atrás, hice un sagrado juramento. Juré que no me bañaría ni me cortaría el pelo hasta que venciera a ese caballero.

Miras con más atención a tu interlocutor. ¡Es sir Cuthbert, el caballero que conociste en Windsor! No parece que te haya reconocido. También resulta difícil reconocerlo a él: ¡cierto que huele como si llevara dos años sin bañarse!

—Excusadme —le dices.

El guerrero te suelta. Debes pasar inadvertido, piensas. Si sir Cuthber está aquí, no andará lejos su asqueroso escudero. ¿Tendrías que cambiar de tiempo? ¿A qué época? Te hallas en Francia, donde se suponía que sir Walter de Manny vendría en socorro de la condesa de Bretaña. Quizá podrías ir a ayudarlo, para demostrar que mereces ser armado caballero.

—¡Ajá! —oyes a alguien que te llama.

¡Oh no, es el escudero Randall! Esta vez no te apunta con un garrote... ¡sino con una cortante espada de acero!

—¿Quién eres tú, en realidad? —te dice con desprecio—. Apareces por unos días, luego desapareces durante años, ¡sin dejar rastro! ¿De dónde vienes, en verdad?

—Soy de... Navarra —balbuceas.

—¿Sí, de veras? —responde con una sonrisa boba; llama a otro escudero—. ¡Carlos! Tú eres de Navarra, ¿no es así? Ven un momento.

Un escudero de cabellos negros y rizados se acerca.

—Este tipo dice que también es de Navarra —le informa Randall—. ¿Lo es?

—¡Un paisano! —dice Carlos, sonriendo—. ¡Qué placer! ¿Cómo van las cosas por Pamplona?

—Mmm, bien —contestas.

—¿Cómo está el rey Teobaldo?

—Bien... tan bien como pueda esperarse.

La sonrisa de Carlos se torna una expresión hostil:

—Es un impostor, Randall. ¡El rey Teobaldo lleva muerto muchos años!

—¡Hombre! De modo que no eres de Navarra, ¿eh? —Randall te pone la punta de la espada en la garganta—. ¿Es posible que seas un espía francés? ¡Sí! Eso es. En plena guerra, si se atrapa a un espía... ¡no puede esperar clemencia!

El escudero comienza a pincharte con su acero, ¡pero no estás dispuesto a permitirle que te corte la cabeza! Das media vuelta y sales corriendo.

—¡Detened a! espía!

Te pierdes en las tinieblas de la noche, corriendo a todo correr. Randall lleva más piezas de armadura, por lo que va más lento. Te agazapas detrás de un carro. Allí no puede verte nadie y desbordas el tiempo.

Retrocedes dos años, hacia Bretaña. Pasa a la página 82.

ICES adiós a Tom y avanzas, por detrás de los arqueros, en dirección al centro de la colina, donde los caballeros ingleses aguardan a que los franceses ataquen.

El rey Eduardo ha dividido su ejército en tres partes: dos están en la cima del cerro y la tercera se halla en reserva, frente a un viejo molino.

Los caballeros, alineados en formación de combate, presentan una hilera de escudos al enemigo. Sus escuderos los esperan detrás de las líneas.

Alguien te ase fuertemente del brazo.

—¡Tú! —grita sorprendido un escudero que usa coraza y casco—. ¿Qué haces aquí? —se quita el yelmo.

¡Es tu amigo Nigel! Se le ve más mayor y seguro de sí mismo que en los lejanos días en que te enseñaba a ser escudero. Claro: para él, ¡eso fue hace dos años!

—Vine a ayudar —inventas.

—Pues has llegado en buen momento.

—Me alegro —afirmas para seguirle la corriente.

—Mira —te dice, excitado—. Tengo una armadura sobrante que podrías ponerte. La necesitarás. ¡La batalla va a empezar!

Nigel se para y te mira de una manera extraña. Intentas parecer un poco más alto, como si también tuvieras dos años más.

—Por cierto —añade—, ¿dónde has estado durante

esos dos años? ¡Creíamos que te habías perdido para siempre en el bosque! ¿Tuviste que volver a Navarra de improviso?

—Algo así —respondes.

—No deberías desaparecer así, sin decírselo a nadie —te amonesta, y te da una palmada amistosa en el hombro.

—Lo procuraré...

—Bueno, aquí estamos. Colócate el casco. ¡Ahí vienen las flechas!

Te pones el yelmo tan de prisa como puedes y te abrochas las correas de la coraza. Vestir un arnés te ayuda a sentir un poco lo que representa ser un caballero.

Los arqueros ingleses replican certeramente a los ballesteros franceses. Les mandan tantas y tantas saetas que éstos dan media vuelta y huyen despavoridos. Una ola de caballeros enemigos sube a paso de carga por el montículo, pero antes de que lleguen siquiera a la mitad del camino, las flechas los abaten.

—No entiendo el plan de batalla francés —manifiesta asombrado Nigel—. ¿Por qué atacar tan tarde que casi oscurece? ¿Y por qué no se organizan debidamente para cargar todos a la vez? Envían a unos pocos caballeros al mismo tiempo, ¡para que los maten uno tras otro!

—Esto es horroroso. A propósito, ¿qué fin tiene toda esa lucha? —inquieres.

Tu amigo señala las banderas que ondean encima de vosotros.

—Ahí tienes la respuesta —contesta—. Fíjate en que en los estandartes del rey Eduardo hay tanto las flores de lis de Francia como los leopardos de Inglaterra. El rey cree, por tanto, que debería gobernar en ambos países.

—Pero eso es un solemne disparate —aduces con convencimiento—, ¡Inglaterra y Francia son dos naciones distintas!

Nigel te mira fijamente:

—¡No digas esas cosas! —susurra—. Mal hayan quienes piensen mal de los planes del rey.

¡El escudero acaba de decir algo semejante al lema de la Orden de la Jarretera! Sin embargo, antes de que logres que te lo explique, oyes un estallido sordo y crepitaciones a tu espalda. ¡El molino de viento está en llamas!

—Lo han incendiado nuestros propios hombres —te aclara Nigel—. Oscurece tanto que no vemos para luchar sin una antorcha gigante.

Llegan grandes gritos de los caballeros ingleses situados a pocos pies de distancia. ¡Algunos de los atacantes logran atravesar las líneas! El jefe de éstos, un guerrero francés montado en un brioso corcel, se arroja contra las filas que están ante ti. El asaltante blande una maza larga y claveteada, con la cual destroza despiadadamente las cabezas de los caballeros a pie que lo rodean. Lanza una insólita y extraña voz de guerra: *¡Montjoie Saint Denis!*

Un joven caballero, con una túnica cubierta de leopardos puesta encima de su negra armadura, ensarta al jinete francés con su espada.

—¡Es el príncipe Eduardo! —exclama Nigel.

Más caballeros enemigos se abren paso a través de la cortina de flechas.

El príncipe se halla en medio de un furioso combate con espadas.

—Condenado sea el día, en que nací —rezonga Nigel—. Aquí estoy, ¡sin hacer nada! ¿Llegaré jamás a tener una ocasión de probar que puedo ser un caballero?

—¡Eh, vosotros, escuderos! —os espeta uno de los guerreros del príncipe—. ¡Que uno de vosotros corra, sin pérdida de tiempo, hasta el rey y le diga que precisamos refuerzos!

Tú y Nigel os miráis, el uno al otro.

—Iré yo —dices—. Puede que pronto te necesiten aquí.

—¡Gracias, amigo mío! —contesta sonriente tu compañero.

Te marchas corriendo hacia el molino ardiente. Las llamas que se levantan de él alcanzan una altura de cincuenta pies.

¡Ésta puede ser tu oportunidad de preguntarle a Eduardo acerca de la famosa divisa! ¡No la desperdicies!

El monarca se encuentra delante del molino incendiado, inspeccionando la sangrienta batalla que se desarrolla a sus pies.

—Un mensaje —dices jadeando—. ¡El príncipe requiere refuerzos!

Eduardo III te mira de arriba abajo, con una dura sonrisa en los labios:

—¿Acaso mi hijo ha muerto? —pregunta tranquilamente.

—No, señor.

—¿Ha caído su insignia? ¿O todavía sigue luchando el príncipe?

—Todavía lucha —informas—, pero lo están machacando.

El rey te toma por los hombros.

—Di a los que te han enviado aquí que no vuelvan a mandarte otra vez —dice—, mientras mi hijo viva.

Te aprieta firmemente los hombros y añade:

—Diles que mi hijo debe tener la ocasión de ganarse la dignidad de caballero. ¡Ve!

No has encontrado el momento oportuno de preguntar al soberano algo sobre lo que te preocupa: el lema de la Orden de la Jarretera.

Tal vez Nigel tenga la respuesta: ¿tendrá ese lema alguna relación con el afán del rey de ser monarca de dos países —Inglaterra y Francia— al mismo tiempo?

El príncipe y sus amigos continúan presentando batalla a los caballeros franceses cuando regresas, pero algo falta en la escena. Te haces una composición de lugar pero no logras encontrar qué falta. De súbito te das cuenta: ¡el estandarte del príncipe ha caído! ¡Terrible situación! El portaestandarte está ocupado luchando con un caballero francés y ha dejado caer la bandera en el suelo.

La insignia es algo muy importante para los caballeros.

¿Deberías precipitarte en medio del combate y levantarla?

¿O volver corriendo a la retaguardia, donde se halla el rey, y buscar una excusa para hablar de nuevo con él?

**Levantas el estandarte del príncipe.
Pasa a la página 115.**

**Retornas con el soberano.
Pasa a la página 104.**

Estás con Tom al lado del cañón, entre un grupo de arqueros ingleses. Suenan trompetas que llaman al combate. Los arqueros sacan de los yelmos las cuerdas de sus arcos donde se mantenían secas. Tienen que tirar con todas sus fuerzas para doblar los arcos y colocarles las cuerdas.

—Espero que esto funcione —dice Tom mientras le ayudas a hacer rodar una piedra esférica por la grasienta boca del cañón—. Esta arma nunca se había utilizado antes en la guerra. Estaría más contento con un arco en las manos, pero cuando te hallas en el ejército haces lo que te mandan.

¡Así que Tom realmente era un arquero! Adviertes cómo, más abajo, el ejército francés se acerca. Está esparcido y desorganizado, pero es mucho mayor que las fuerzas inglesas situadas en la colina, de las cuales formas parte.

—Mira allí —dice Tom con sorpresa—. ¡Arqueros! Creía que los caballeros franceses no tenían fe en ellos.

—Son ballesteros italianos —tercia un arquero—. ¡Están a sueldo de los franceses!

—¡Preparados! —grita el jefe de los arqueros ingleses.

Los arqueros tensan las cuerdas y aguardan la orden para disparar.

—¡Aaagh! —es el grito unánime que viene del ejército francés. Por encima de tu cabeza vuelan flechas gruesas y cortas procedentes de los largos arcos ingleses.

—¡Tirad a discreción! —ordena el jefe.

—Quédate atrás —dice Tom.

Éste lleva una antorcha encendida en la mano y la emplea para prender la mecha del cañón.

¡Booom! Una gran nube de humo surge del arma. No obstante, la piedra-bala apenas llega a quince pies, cerro abajo y se clava en el suelo.

—¡Bah! —profiere Tom—. Sería mejor que echáramos las piedras rodando por la cuesta.

Pasará mucho tiempo, supones, antes de que se ganen las batallas con armas de fuego. Por cierto, ¡éste no es precisamente el modo de que el rey Eduardo se fije en ti!

—Voy a intentarlo una vez más —dice tu amigo—, luego tomaré el arco y me reuniré con los arqueros, a los cuales pertenezco.

Aplica la antorcha a la mecha, pero el cañón sigue mudo.

—¡Cuidado! —chilla Tom—. ¡Va a estallar!

Saltas para ponerte a salvo pero no lo bastante aprisa. Lo último que ves antes de perder el conocimiento es la explosión de la pólvora y el suelo que se te echa encima.

Pasa a la página 97.

OBSERVAS bien cómo el príncipe y sus caballeros se baten con sus colegas franceses a la vacilante y amarillenta luz del molino en llamas. La insignia yace en el suelo, pisoteada por los contendientes. Coges un escudo y esperas una ocasión.

¡Ahora! El camino al estandarte está despejado. Corres hacia él y lo levantas. En el instante preciso en que lo alcanzas, otra mano también lo toma por el palo. ¡Es Nigel! Os sonreís mutuamente mientras alzáis la bandera.

—¡Hurra! —prorrumpen los caballeros ingleses cuando la ven ondear de nuevo.

El ruido de aceros entrechocando te rodea por completo. Del suelo se levantan los gritos de los heridos y los quejidos de los moribundos.

Alzas el escudo al advertir que un caballero corre hacia ti con la espada en alto. Otro guerrero se le aproxima por un lado y le corta de cuajo el brazo con un hacha de combate. El miembro del primer hombre, aún empuñando la espada, cae a tus pies.

Miras a Nigel. Sus labios esbozan una sonrisa valerosa, pero sus ojos reflejan miedo y horror. ¿Así que éste es el fascinante «deporte» a que son tan aficionados los caballeros? Prefieres los torneos a esta matanza sangrienta y sin sentido. Pero los caballeros eran guerreros, y la guerra siempre es sangrienta y cruel.

No estás seguro de cuanto tiempo más podrás soportar lo que ves. Pronto, empero, los caballeros franceses que atravesaron las líneas caen muertos o los capturan.

El príncipe y sus compañeros clavan sus lanzas en el suelo y se apoyan en ellas para descansar.

—¿Dónde está el mensajero que enviamos al rey? —pregunta enérgicamente un caballero alto y con un solo ojo.

—Aquí estoy —contestas.

Dejas a Nigel que sostenga el palo de la insignia y avanzas hacia el guerrero.

—El rey me dijo que os comunicara —cuentas— que no pidierais refuerzos a menos que su hijo muriera. Dijo que el príncipe debía ganarse la dignidad de caballero.

El hombretón de un solo ojo se vuelve hacia el heredero del trono, que presenta una cuchillada en la mejilla, de la cual mana sangre que gotea sobre su negra cota de mallas.

—¿Ganarse la dignidad de caballero? —dice el gigantón—. Me parece que el joven príncipe la tiene bien merecida. ¡Se la ha ganado más de diez veces!

—¡Viva el príncipe Eduardo! —gritan los caballeros.

El Príncipe Negro toma su espada del suelo y viene hacia ti.

—No sólo soy yo quien se ha ganado la dignidad de caballero —afirma—. Vi cómo dos escuderos entraban valientemente en plena batalla a rescatar mi estandarte. ¡Arrodíllate, escudero! —te ordena.

Te arrodillas en la hierba empapada de sangre, frente a él. El príncipe adelanta la espada. La hoja está tan mellada y descompuesta a causa de la lucha que parece una hoja de sierra. Te golpea ligeramente

con el costado del acero en el hombro derecho, luego en el izquierdo.

—Levántate, caballero —dice—. Sé fiel a tu señor, a tu honor y a tu dama.

A continuación llama a Nigel y realiza la misma ceremonia para él.

¡Lo has conseguido! Has sido armado caballero, ¡por el propio Príncipe Negro! Nigel se gira hacia ti y sonríe, conteniendo las lágrimas de gozo.

La batalla dura hasta bien entrada la noche, pero finalmente el ejército francés es derrotado. Los agotados caballeros ingleses se tienden a dormir, en pleno campo de batalla.

Todavía debes averiguar lo que significa el lema de la Orden de la Jarretera, pero ahora que ya eres caballero te será más fácil cumplir tu misión. Ninguno de los caballeros aquí presentes lleva aún la jarretera. ¿Tendrá ésta algo que ver con los planes del rey que han provocado esta batalla?

Sabes que tu amigo Nigel, ahora sir Nigel, será un miembro de la orden. Los demás miembros podrían ser los caballeros que duermen a tu alrededor, aunque todavía no lo sepan.

**Te adelantas dos años, a Windsor.
Pasa a la página 119.**

Te hallas de nuevo en Windsor, el 23 de abril de 1348. Has aparecido entre las sombras del patio de un castillo. Una muchedumbre contempla cómo un largo carruaje tirado por cuatro caballos negros entra por la puerta. Una mujer se apea del vehículo, vestida con una hermosa túnica blanca. Atraviesa una puerta hacia un gran vestíbulo. Oyes música que viene del interior.

Hay allí un caballero de larga melena y abundante barba rizada, sentado en un bloque de piedra próximo. Tiene un aspecto muy triste.

—¿Qué sucede? —le preguntas.

—Están llegando los convidados al baile del rey —replica—. Yo también estaba invitado, pero no me han dejado entrar.

—¿Por qué?

—¿Quién querrá bailar —dice con tristeza— con un pobre caballero que se bañó por última vez hace cuatro largos años?

Lo miras. ¡Es sir Cuthbert, aquel caballero que juró no cortarse el pelo ni bañarse hasta que venciera a sir Guy! Y ha mantenido su juramento. No te sorprende que no lo dejen entrar. ¡Huele ciertamente a demonios!

Un grupo de caballeros, vestidos de seda y raso, arriban montados a caballo y descabalgan. Tratas de seguirlos, pero un guardián te cierra, con pocas contemplaciones, el paso.

—Sólo se permite la entrada a los caballeros y a las damas convidados por el rey —te dice—. ¡Ponte a un lado!

Te da un empujón con una larga lanza, lo que hace que caigas abierto de brazos y piernas al pedregoso suelo del lugar. La gente se ríe. Te pones en pie y das media vuelta para irte. ¡En fin de cuentas qué te importa su estúpido baile!

—¡En nombre de san Jorge! —exclama una voz que te es familiar.

¡Es tu amigo Nigel! Ahora, sir Nigel. Te observa con asombro.

—Creíamos que te habían matado —dice— en el campo de batalla de Crécy —se vuelve al guardián y lo mira con ceño—. Éste es un héroe de Crécy —le espeta—. Si alguien debe ser admitido al baile de su majestad, ¡es este noble caballero!

Sigues a tu amigo a un gran vestíbulo, con tapices en las paredes e iluminado con antorchas. Caballeros y damas danzan, adelante y atrás, en largas hileras. El príncipe y el rey bailan con sus damas.

—Ignoro cómo has regresado a nuestro lado —te dice Nigel—, pero bienvenido seas. El rey ha invitado a todos los héroes de Crécy a un torneo que se celebrará mañana. ¡Mas esta noche bailamos!

Una joven, con una larga túnica, se acerca a Nigel. La reconoces: es lady Joan de Kent, la dama que viste por última vez cuando cazabas con un halcón. Tu amigo se gira y levanta los hombros ante ti como diciendo: «debo dejarte». Él y Joan se unen a la fila de los que danzan.

Te sientas a una mesa próxima a un hogar gigantesco, delante de un caballero que calza unos zapatos largos y puntiagudos.

—Era lady Joan ésa, ¿verdad? —te dice—. ¿Habéis oído el último rumor? ¡Ella y el príncipe Eduardo están enamorados!

De modo que éste era el secreto de la dama. Siempre dijo que amaba a un noble caballero, ¡y resulta que es el mismo príncipe!

—¿Por qué no bailáis? —preguntas al caballero.

Mira hacia el techo.

—Oh, no me siento con ánimos para eso. Al fin y al cabo, estoy aquí en calidad de prisionero. Soy un caballero francés, capturado en la batalla de Crécy. Los prisioneros nobles somos muy bien tratados: tomo parte en los torneos, voy a los bailes reales y juego al ajedrez. Pero figuraos que hace dos años que no veo mi tierra, Francia.

Cesa la música y quienes danzan se separan. Lady Joan y Nigel hablan de pie con el rey en medio del vestíbulo. Hay algo redondo, de tela azul, caído en el suelo. El monarca se inclina para recogerlo.

A lo largo de toda la estancia, los asistentes observan al rey y se ríen con risa de conejo. ¿Qué les resulta tan gracioso? Ves que lady Joan se ruboriza. Lo que él sostiene debe de ser una jarretera, que aguantaba la media de la dama, pero que inopinadamente se le cayó al suelo.

—Ha sido el propio rey quien ha recogido la jarretera de lady Joan —murmuran algunas damas cerca de ti—, pero, en realidad, ¡es al príncipe a quien ella ama!

Los presentes guardan silencio al darse cuenta de que el soberano se dispone a hablar.

—Han transcurrido cuatro años —explica éste con voz gruesa— desde que prometí crear una nueva Tabla Redonda de caballeros, como la que fundó el rey Arturo. Mañana, de entre mis caballeros más nobles, elegiré treinta para honrarlos por encima de todos los demás —agita la jarretera bien alto—. Éste será nuestro símbolo. *Honni soit qui mal y pense!* ¡Mal haya el que mal piense!

El rey hace una señal a los músicos, y el baile vuelve a empezar.

¡Eduardo ha pronunciado la famosa divisa! ¡Por fin sabes de dónde vienen estas palabras! En primer lugar, el monarca las dice para acallar las murmuraciones sobre un amor secreto, y seguidamente lanza la idea de tomar la jarretera como símbolo de sus caballeros.

—Parecéis desilusionado por algo —te dice el guerrero francés—. ¿Qué os ocurre?

—¿Cómo os sentiríais —le preguntas— si pasarais por toda suerte de peligros para hallar algo, sólo para percataros, cuando lo halláis, de que no era en absoluto lo que creíais que era?

El caballero sonríe, comprensivo.

—Esto es lo que acontece con la mayoría de las misiones caballerescas. Los caballeros de la Tabla Redonda se pasaron la vida buscando el Santo Grial, pero casi ninguno lo encontró. No importa tanto lo que estás persiguiendo como el modo cómo lo buscas, lo que hallas por el camino y la ayuda que puedas ofrecer a los demás en la búsqueda. Mirad —dice a continuación, y se saca una bolsa de cuero llena de piezas de ajedrez—. Juguemos una partida, para que olvidéis las preocupaciones.

—Gracias, sir… mmm…

—Sir Guy es mi nombre.

¡Sir Guy! Es el caballero que sir Cuthbert juró que vencería algún día. Eso te da una idea.

—No me siento con ganas de jugar —manifiestas—, pero afuera tengo un amigo a quien le encantará jugar con vos. ¡Venid!

Conduces a sir Guy al patio, donde sir Cuthbert está sentado con la cabeza entre las manos. El caballero inglés se sorprende de hallarse frente a frente

con su viejo enemigo, mas sonríe cuando le susurras al oído tu idea.

Los dos caballeros toman asiento ante el tablero de ajedrez. Puedes afirmar que sir Guy está ansioso por terminar la partida y alejarse de su pestilente contrincante. En breve, el juego ha concluido. Ha ganado sir Cuthbert.

—¡Alabado sea Dios! —grita, derribando la mesa de un salto—. ¡He vencido! ¡Ahora ya puedo bañarme!

Sir Guy lo mira como si estuviera loco. Sir Cuthbert da voces de alegría y te abraza lleno de gratitud. Te separas de sus brazos, hacia las sombras del castillo, mientras el caballero salta y baila de júbilo.

Es una lástima, piensas mientras te preparas para volver a tu época, que los caballeros no aprendieran a resolver sus disputas con el ajedrez en lugar de con la guerra. En la edad contemporánea aún no se ha aprendido bien esta lección, pero a pesar de eso estás contento de regresar a casa.

¡Felicidades! Has llegado al final de tu misión.

MISIÓN CUMPLIDA

LISTA DE DATOS

Página 8: Este tipo de arnés no está pensado para un caballo.

Página 12: Puedes esconderte en ambos sitios, pero sólo en uno pueden entrar a buscarte.

Página 14: ¿Hasta qué punto debe saber un caballero tirar con el arco?

Página 19: ¿Qué llegó a Inglaterra en 1348?

Página 29: Para todo hay una estación del año, incluso para las enfermedades.

Página 41: ¿Has visto antes a ese joven?

Página 44: ¿Quieres encontrarte con el visitante que llegó de ultramar en 1348?

Página 56: Puedes confiar en lo que te dice tu amigo Nigel.

Página 58: ¿Cómo se convierte uno en caballero?

Página 64: ¿Hay algo inverosímil en el juicio del agua?

Página 73: ¿Hasta qué extremo la gente de la época del rey Eduardo sabía algo del rey Arturo?

Página 74: Los leopardos de oro figuran en las insignias de algunos reyes.

Página 79: La adulación puede servirte de algo cuando un rey pide una canción sobre un rey.

Página 80: ¿De qué siglo forma parte el año 90?

Página 86: Un caballero debe intentar vivir de conformidad con el código de caballería.

Página 96: ¿Cuándo se logrará sacar verdadero provecho de los cañones?

Página 112: Un caballero tiene que vivir según el código de caballería.